PASSAPORTE, POR FAVOR

PASSAPORTE, POR FAVOR

©2020 Patricia Pepper. Todos os direitos reservados.

Nenhuma parte desta obra pode ser reproduzida ou transmitida por qualquer forma e/ou quaisquer meios (eletrônico ou mecânico, incluindo fotocópia e gravação) ou arquivada em qualquer sistema ou banco de dados sem a permissão, por escrito, da autora. A única exceção a essa proibição se faz ao uso de pequenas citações contidas em críticas ou resenhas e em páginas para as quais a autora der a permissão expressa.

As histórias contidas neste livro são fictícias. Os nomes, as personagens, os lugares e os acontecimentos que ocorrem nos contos são produto da imaginação da autora e estão sendo usados de forma fictícia.

P424p

Pepper, Patricia, 1973 -

Passaporte, por favor. / Patricia Pepper; Ilustração Yan Pinheiro. 1.ed. -- Londres: Visto à Vista LTD, 2020.

v.1. – O voo da Fênix. 240 p. : il. , p&b ; 23,4 cm x 15,6 cm

ISBN 978-1-8380161-5-9

1. Literatura brasileira. 2. Imigração – Ficção. 3. Imigração – Narrativas pessoais. I. Título.

CDD (21. ed.) 869.3

Design interno: Eduardo Venegas.
Ficha catalográfica: Daiane da Silva Martins Tomaz CRB14/622.
Ilustração: Yan Pinheiro.
Revisão: Aloisio Motta Rezende, Bárbara Maia das Neves, Fabiana de Albuquerque, Paulo Cichelero e SGuerra Design.

Os direitos desta edição estão reservados à Visto à Vista Ltd.

Página: *www.vistoavista.co.uk*   E-mail: *patriciapepper@vistoavista.co.uk*
Facebook: *@vistoavistaoficial*   Instagram: *@paty_pepper*

Uma cópia deste exemplar está disponível na British Library.

PASSAPORTE, POR FAVOR

PATRICIA PEPPER

VOLUME 1
O VOO DA FÊNIX

LONDRES 2020

VISTO À VISTA LTD

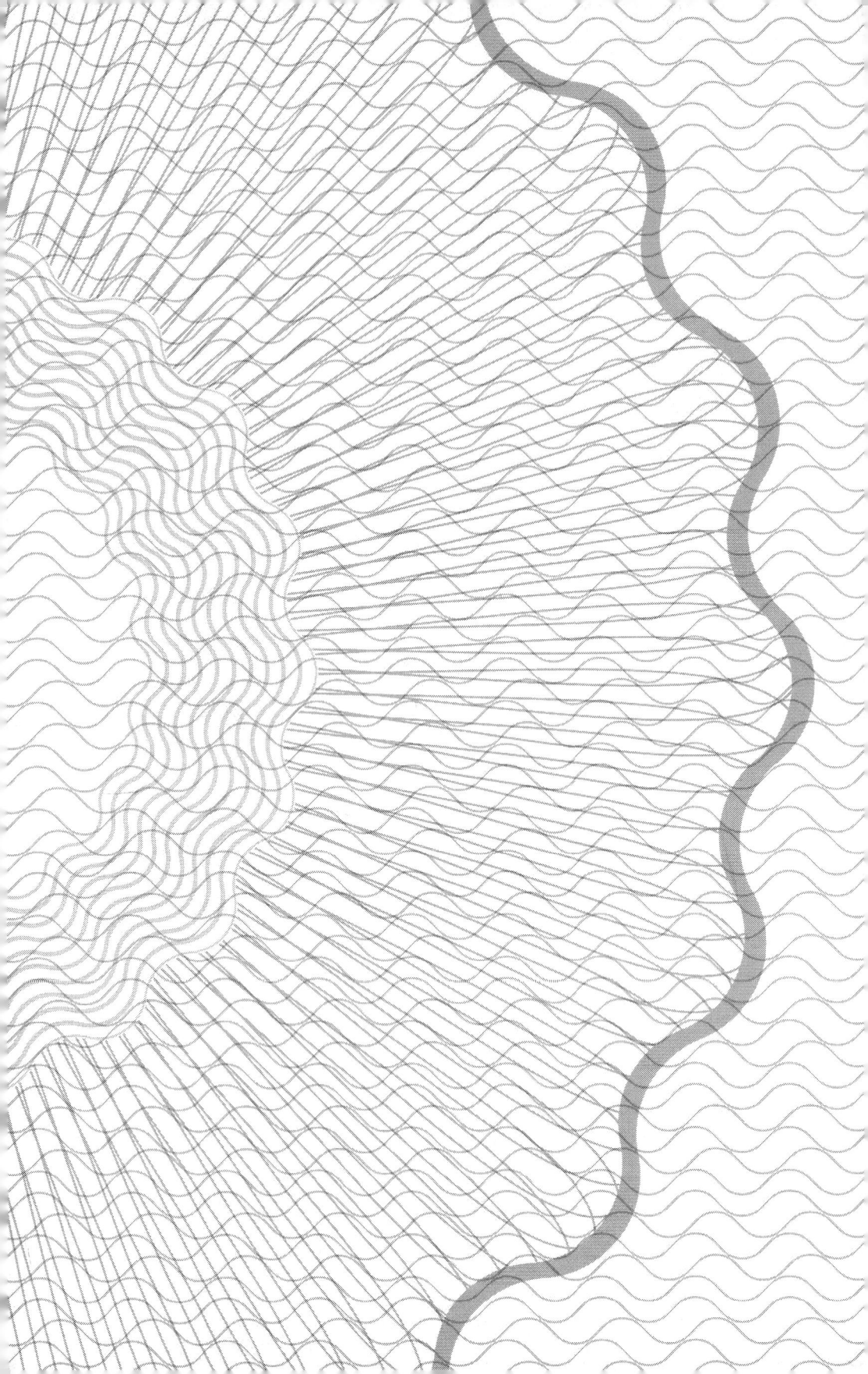

Apresentação

    Eu cresci vendo minha mãe sempre com um sorriso nos lábios. Não importava o que estivesse acontecendo no mundo externo ou ao seu redor dentro de casa, ela sempre foi, e continua sendo, uma pessoa feliz. Apesar de não ter frequentado escola alguma, ela é, sem sombra de dúvidas, uma das pessoas mais sábias que já conheci; de uma força interior inabalável. Acho que foi dela que "herdei" a maneira com a qual encaro a vida. Em várias situações no decorrer de minha jornada até aqui, deparei-me com os desafios propostos pela vida e os enfrentei com muita coragem. Das experiências ruins, tirei vários aprendizados e força para continuar a caminhada, mesmo que ela fosse desafiadora. Quanto mais difícil o caminho se tornava, mais determinação eu acumulava dentro de mim. Essa determinação, em momentos decisivos, sempre me impulsionou para o próximo degrau, em uma escala de ascensão.

Escrevi este livro para compartilhar com você, caro(a) leitor(a), que é possível, sim, alcançar seus objetivos, mesmo que os obstáculos no caminho sejam diversos ou aparentemente intransponíveis.

Dois pensamentos me vêm à mente: o primeiro se trata de uma das várias definições existentes para a palavra FÉ, que foi lindamente explicada por Jack Canfield, um autor americano por quem tenho imensa admiração.

> Pense num carro que você conduz pela noite afora. Os faróis só iluminam algumas dezenas de metros à sua frente, e você pode ir da Califórnia a Nova Iorque dirigindo no escuro, porque tudo o que precisa ver são os metros seguintes. E é assim que a vida tende a revelar-se a nós. Se confiarmos que os metros seguintes vão se desenrolando, a nossa vida vai continuar a revelar-se. E vai conduzir-nos à dada altura ao destino daquilo que queremos, porque o queremos.[1]

Se acreditarmos que o restante da estrada estará lá, mesmo que você não a veja, e continuar sua trajetória, mais cedo ou mais tarde, chegará ao destino. É importante que você saiba onde deseja chegar e coloque no seu GPS as coordenadas da localidade que almeja atingir. Mesmo que uma estrada feche porque houve um acidente e force uma mudança de rumo inesperada, você terá consciência

---

[1] BYRNE, Rhonda. O Segredo. Alfragide, Portugal: Asa Editora, 2007. p.57.

de que pegará um caminho alternativo que também o(a) conduzirá ao seu sonho.

Desde a minha chegada ao Reino Unido, em 2001, até a realização do sonho de me tornar Oficial de Imigração, passaram-se sete longos anos. Pensei em desistir? Sim, algumas vezes. Naqueles momentos de fraqueza, entretanto, lembrava-me do quanto eu já havia lutado para ter chegado até lá e, então, focava apenas no objetivo final e não no que eu precisaria fazer para ultrapassar e vencer as dificuldades.

O segundo pensamento vem de Paulo Coelho, na minha opinião, um dos maiores escritores de todos os tempos: "Cumprir sua Lenda Pessoal é a única obrigação dos homens. Tudo é uma coisa só. E quando você quer alguma coisa, todo o Universo conspira para que você realize seu desejo."[2]

Assim sendo, três coisas são indispensáveis para a realização de sonhos: ter fé, querer e fazer acontecer. Ter sucesso ou não na empreitada dependerá apenas de você.

Patricia Pepper
Primavera de 2020

---

[2] COELHO, Paulo. O Alquimista. Rio de Janeiro: Rocco, 1988. p.42.

Aviso Legal:

O objetivo desta narrativa é contar a história de uma imigrante e sua trajetória de ascensão profissional apesar de todos os percalços que encontrou pelo caminho. A menção de algumas nacionalidades e regionalismos brasileiros, nesta obra, tem a única e exclusiva finalidade da ilustração da realidade do imigrante que vem para o Reino Unido. É através da ótica e das vivências da protagonista Têmis que os contos da narrativa se desenrolam. Este relato não possui a intenção de denegrir a imagem de nenhum indivíduo, mas apenas de enfatizar os desafios encontrados dentro e fora de seus países de origem. Os exemplos fictícios citados na narrativa refletem um pequeno número daqueles imigrantes que tentam burlar as leis. A grande maioria das pessoas que chega ao Reino Unido, seja para visitar familiares, seja para fazer turismo, estudar, trabalhar ou fazer negócios, o faz legalmente.

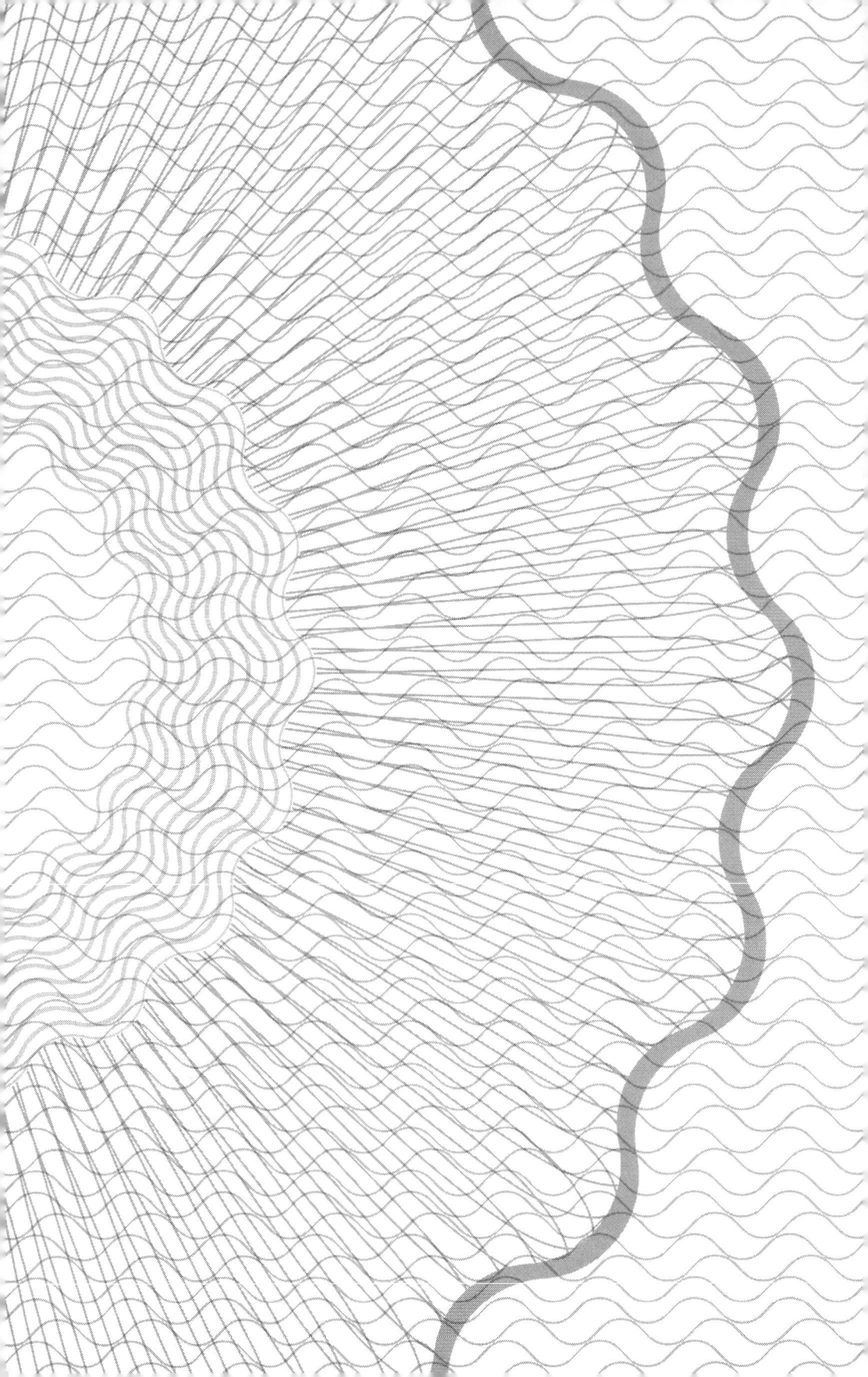

Dedicatória

Ao meu filho, Arthur, a quem amo infinitamente.

Agradecimentos

Aos meus pais Nair e Armando *(in memoriam)* e irmãos Marcelo e Silvana, com quem aprendi o verdadeiro significado da palavra família.

À Sônia, minha *coach* pessoal, por ter sido a responsável pela minha iniciação na escrita.

Ao serviço de imigração britânico, pela dedicação e trabalho incansáveis.

Ao Reino Unido, a minha casa pelos últimos vinte anos, obrigada por me receber.

À minha equipe: Aloisio, Bárbara, Daiane, Eduardo, Fabiana, Paulo e Yan, por terem trabalhado arduamente neste projeto.

Aos imigrantes de todo o mundo, independentemente dos motivos que os levaram a deixar seus lares, obrigada pela contribuição e o trabalho duro de cada um.

E a todos os meus amigos, familiares, clientes e seguidores que, direta ou indiretamente, fizeram parte da minha história.

O Exército pode passar cem anos sem ser usado, mas não pode passar um minuto sem estar preparado. (Ruy Barbosa)[3]

O sucesso não é final, o fracasso não é fatal: é a coragem para continuar que conta. (Winston Churchill)[4]

Seja o que for que a mente possa conceber, ela poderá alcançar. (W. Clement Stone)[5]

3, 4 e 5 PENSADOR. Disponível em: <https://www.pensador.com/frase/ODk0OTU4/> Acesso em 27/09/2020.

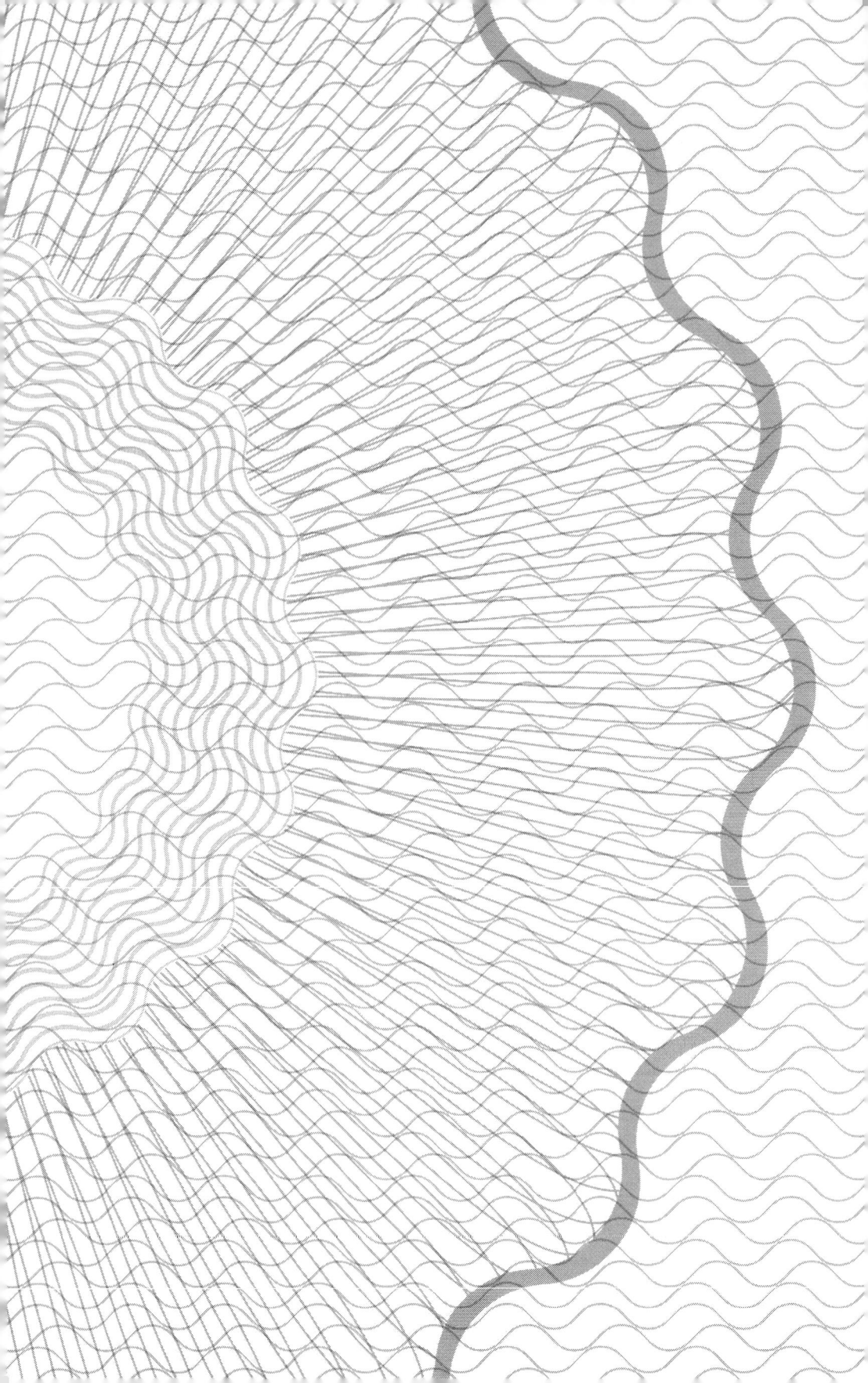

SUMÁRIO

INTRODUÇÃO 19

PRÓLOGO
A Mala de Pandora 23

CAPÍTULO 1
A Casa da Rainha, o Relógio e a Rua dos Beatles 29

CAPÍTULO 2
A Cachoeira de Esmaltes 55

CAPÍTULO 3
O Rei do Cangaço 81

CAPÍTULO 4
O Estudante de Medicina Trilegal 105

CAPÍTULO 5
A Roleta Russa 131

CAPÍTULO 6
O Mochileiro Americano 157

CAPÍTULO 7
O Local do Encontro 185

CAPÍTULO 8
A Índia do Rio Negro 213

EPÍLOGO 235

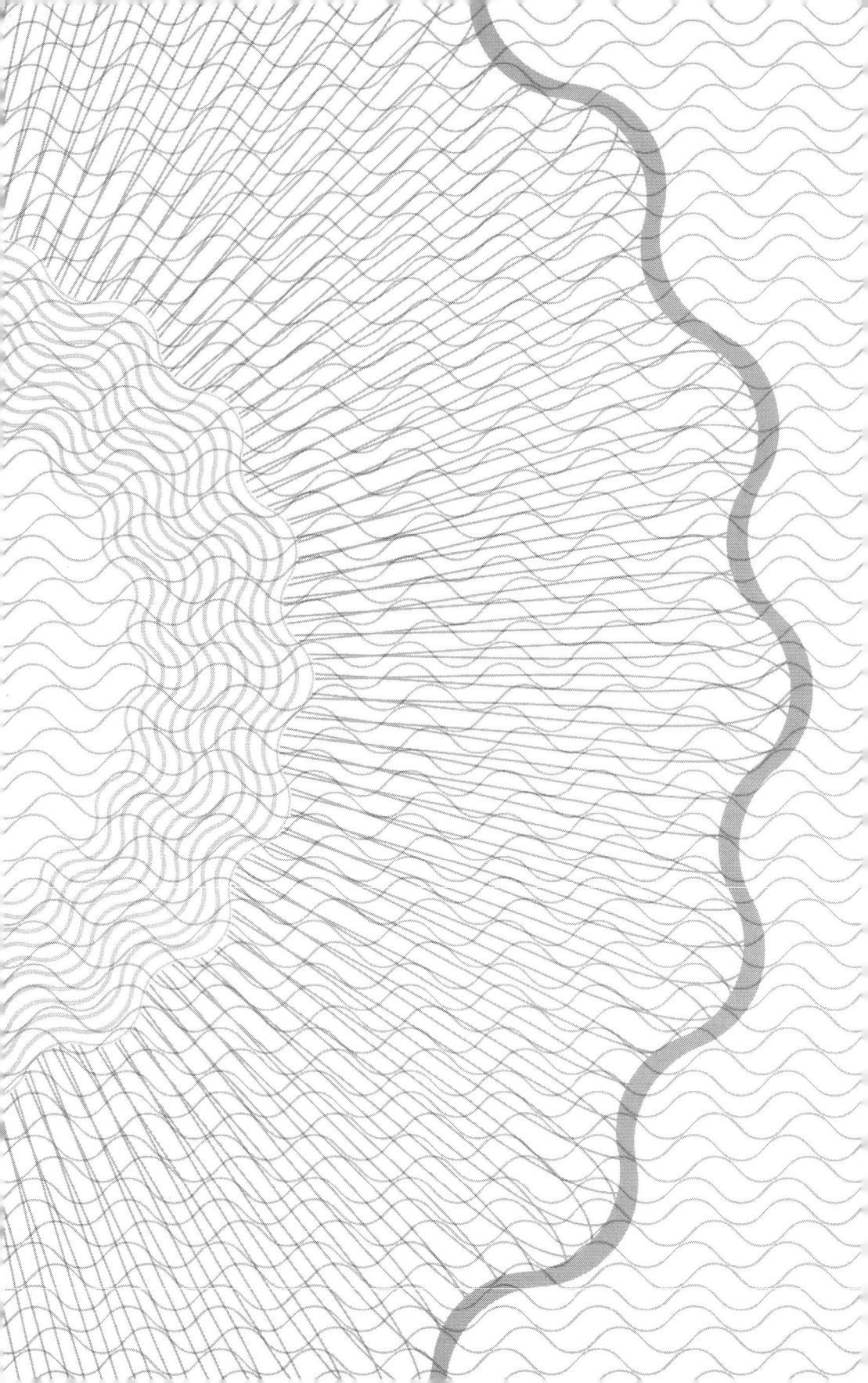

Introdução

DURA LEX, SED LEX – A LEI É DURA,
MAS É A LEI

Este livro retrata um período da história de Têmis, uma carioca amante do mar, das praias e do sol que, após circunstâncias inesperadas que tiveram profundo impacto em sua vida, decide trocar o azul do mar e do céu do Rio de Janeiro pela cinzenta e misteriosa Londres. Aqui, ela nos narra sua trajetória como imigrante e sua ascensão de operadora de caixa de um supermercado londrino a funcionária do governo britânico, passando de auxiliar do Setor de Administração Fiscal até alcançar o posto de oficial de imigração, servindo no Departamento de Imigração e Fronteiras, em um dos aeroportos mais movimentados do mundo, em Londres.

Entre *flashbacks*, em que relata sua biografia, suas adversidades, as dores e alegrias de viver em outro país, Têmis descortina os bastidores da temida e rigorosa imigração britânica com uma narrativa leve, divertida, às vezes dramática, que ora nos faz rir, e ora nos faz refletir sobre o caráter das pessoas. Ademais, a obra nos faz pensar sobre o aspecto humano do trabalho, sobre os conflitos e os dilemas que ela enfrenta no exercício daquela profissão tão importante e, ao mesmo tempo, tão desafiadora.

Logo no começo de suas funções como oficial de imigração, Têmis começa a compreender que sua tarefa transcende a mera inspeção de documentos no guichê de imigração: ela precisa desenvolver um tirocínio preciso e, em um curto espaço de tempo, afiar seu poder discricionário. Era preciso cumprir as leis da rígida regulamentação britânica, era preciso ser profissional, legalista, mas também era preciso ter empatia, posto que ela também chegara àquele guichê na condição de estrangeira.

Como equilibrar tudo isso? A profissional que se tarimbava, a imigrante, a compaixão por seus compatriotas, a tristeza de testemunhar sonhos de uma vida melhor despedaçados, a decepção de ver até onde o ser humano seria capaz de mentir e ludibriar, porém com o bônus de tornar-se mais sagaz, apesar de ter suas ilusões pueris desmanteladas ao deparar-se com vários imbróglios literários e... literais.

Com tintas provindas de uma aquarela do relato de várias histórias da vida real, Têmis nos conduz, nesta obra fictícia, a atravessar o espesso véu que divide o guichê da imigração, permitindo-nos espionar as instalações tais como o "aquário", a "frigideira", a sala de detenção, bem como outros cômodos – além de nos dar uma ótima noção de como o serviço funciona, o que acontece quando um passageiro é parado pela imigração e colocado para "fritar", quais são os mais comuns sortilégios utilizados para driblar os diligentes oficiais e o procedimento adotado para impedir a entrada de quem não preenche os critérios para a admissão e a permanência no país.

Para que se tenha um país organizado e que possa proporcionar condições dignas a todos os seus cidadãos, é necessário que regras sejam criadas, é necessário proteger a economia e é necessário um planejamento populacional. Os funcionários da imigração existem para que essa ordem possa existir. Atuando como guardiões dos portões de entrada, eles, muitas vezes, encontram-se em saias justas, tendo que agir com base em prejulgamentos e fazendo perguntas muitas vezes constrangedoras. É um trabalho espinhoso, mas que alguém precisa fazer.

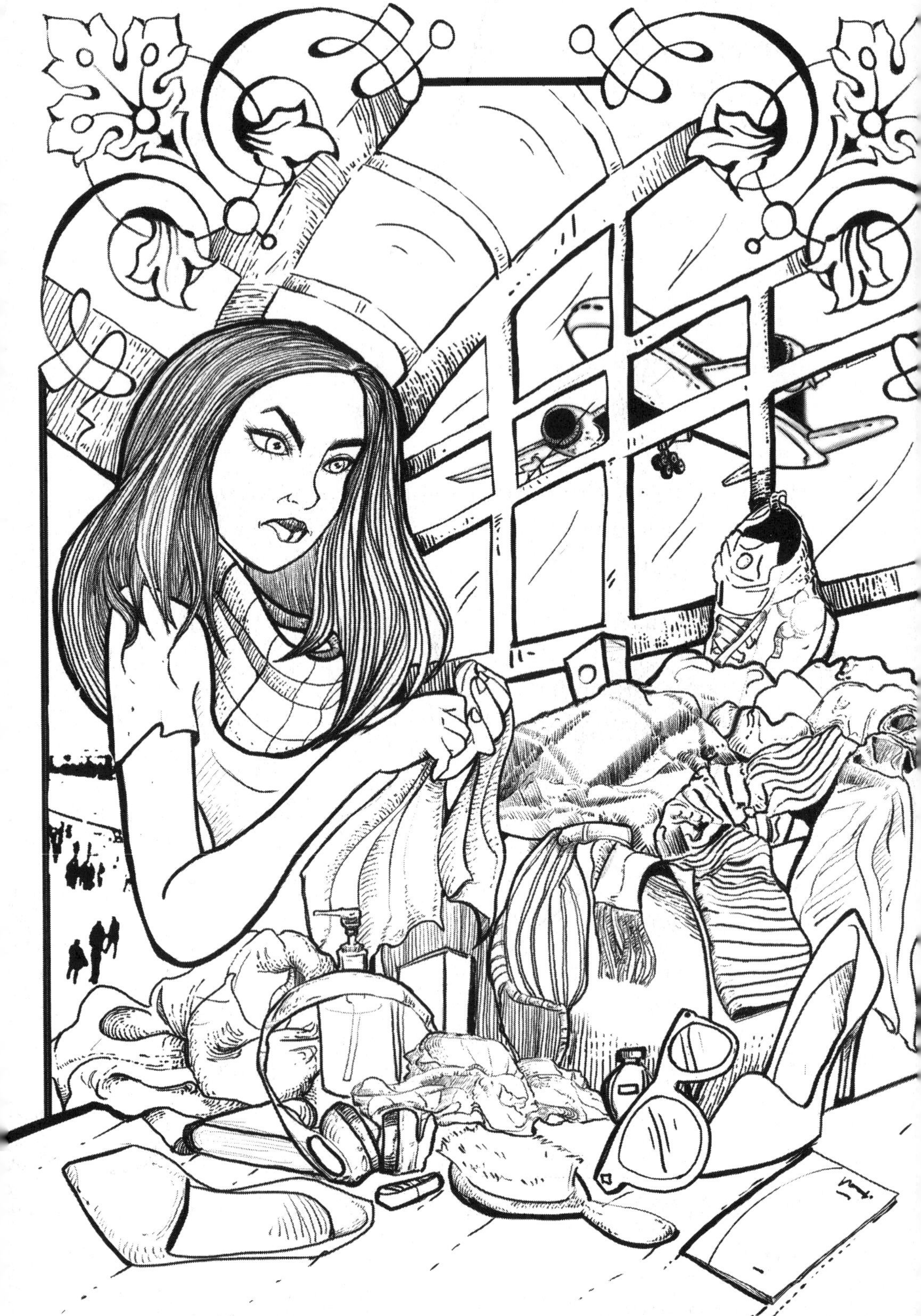

Prólogo
A Mala de Pandora

Era uma manhã de setembro de 2001 quando Têmis decidiu mudar sua vida. Havia viajado para a terra da rainha em julho do mesmo ano, mas, agora, pousava naquele solo de forma definitiva. Uma semana após os atentados nos Estados Unidos, o mundo ainda estava estremecido com uma das maiores atrocidades que a humanidade testemunhara em gerações. A esperança, apesar do medo e da descrença que pairavam no ar, era o sentimento que a dominava naquele momento. O mundo pôde acompanhar, ao vivo, o desdobramento do que a mente humana, em seu estado mais sórdido, poderia criar e manifestar. Onde havia o mal, também lá brotava o bem. Foi notável a presença de incontáveis relatos de atos heroicos dos que responderam aos pedidos de socorro, de pessoas ajudando estranhos, deixando bem evidente o desejo de que a raça humana não fosse extinta. Esse sentimento prevaleceu. O mundo da aviação e a segurança nos aeroportos não seriam mais os mesmos, e foi nesse cenário que ela chegava à sua nova casa.

Já no embarque em Lisboa, a segurança lhe passara o pente fino. A atmosfera era de medo. Sim, ela teve muitos medos: será que arrumaria trabalho? Será que se adaptaria ao novo país? E o clima? E a comida? E a saudade da família e amigos? Venceria? Enfim, encontraria lá a felicidade que tanto buscava? Não sabia a resposta para nenhuma dessas perguntas. A única certeza que teve, já na entrada da aeronave, era que um dos passageiros estava usando um baita de um turbante! A vontade dos outros passageiros, como também a dela, era obviamente que ele não estivesse ali. É impressionante como a mente humana entra em estado de defesa automaticamente mediante situações de perigo, sejam elas reais ou não. "Tinha que ser em meu voo?", pensou. Sentiu-se aliviada quando chegou ao destino, mas mal sabia que tudo aquilo era apenas o aquecimento para a sequência de eventos que estariam por vir no aeroporto, os quais responderiam a algumas de suas questões, mas que também mudariam o curso de sua vida para sempre.

— Passaporte, por favor. A senhora viajou de onde? Viaja sozinha?
— Lisboa. Sim, estou sozinha – respondeu Têmis.
— Obrigada e seja bem-vinda ao Reino Unido – disse a oficial de imigração.

Têmis notou a presença de vários policiais armados. O aeroporto assemelhava-se a uma praça de guerra. A impressão que teve foi que o número de seguranças parecia superior ao de passageiros. "Aposto que pararam o cara do turbante", pensou ela, agora respirando mais aliviada por ter chegado lá.

— De onde viajou, moça? – perguntou um oficial da alfândega.

— De Lisboa – respondeu Têmis.

— Precisamos olhar sua mala. Você traz algum produto de origem animal?

— Não.

— Traz algum item que não seja seu?

— Não. "Eu quase não consegui trazer as minhas coisas, imagina se ainda teria espaço pra trazer o que não era meu", pensou.

Têmis ainda tinha a etiqueta do voo original do Brasil pendurada em sua mala e pensou que talvez esse tivesse sido o motivo de tantas perguntas.

— Abra sua mala, por favor.

— Pois não. "Que inconveniente", resmungou em pensamento.

Têmis observava o trabalho do agente enquanto ele tirava todos os seus pertences de sua mala e os espalhava desorganizadamente no balcão de vistoria. Havia colocado tudo ali de forma tão caprichada e agora via suas calcinhas espalhadas para quem quisesse vê-las. "Ainda bem que eu não trouxe aquelas velhas cheias de furos que gostava de usar em casa." Não se sentia desconfortável, apenas incomodada com a falta de cuidado com suas coisas. O oficial esvaziou a mala e pegou uma escovinha de cabo comprido com uma espécie de adesivo na ponta. Passou por sua mente rapidamente onde ele enfiaria aquela coisa, mas se tranquilizou imediatamente assim que ele começou a esfregar a escova na parte interna da bagagem. "Ufa, que alívio!", pensou achando graça, mas evitando sorrir. "Ele está fazendo um teste para a presença de drogas", pensou.

Enquanto fazia o trabalho dele, Têmis observava o ambiente e como os profissionais no aeroporto operavam. Ao final, e chateado por não ter achado nada que fosse de seu interesse, o cara da alfândega simplesmente largou todos os pertences dela jogados na mesa.

— O senhor não vai colocar tudo de volta? – perguntou a passageira.

— Esse trabalho é seu – respondeu de forma grosseira.

Têmis achou o cara um boçal, mas graças a ele teve a oportunidade de ficar lá por mais tempo enquanto arrumava suas roupas dentro da mala novamente. Ficou encantada com o ambiente e decidiu, naquele momento, que trabalharia ali.

— Um dia serei sua colega de trabalho – disse ela quando ele já saía em busca de sua próxima vítima.

O agente não disse nada, apenas a fitou com uma cara de deboche. Talvez tenha pensado que ela nunca concretizaria aquele desejo ou que quisesse distraí-lo com aquele comentário.

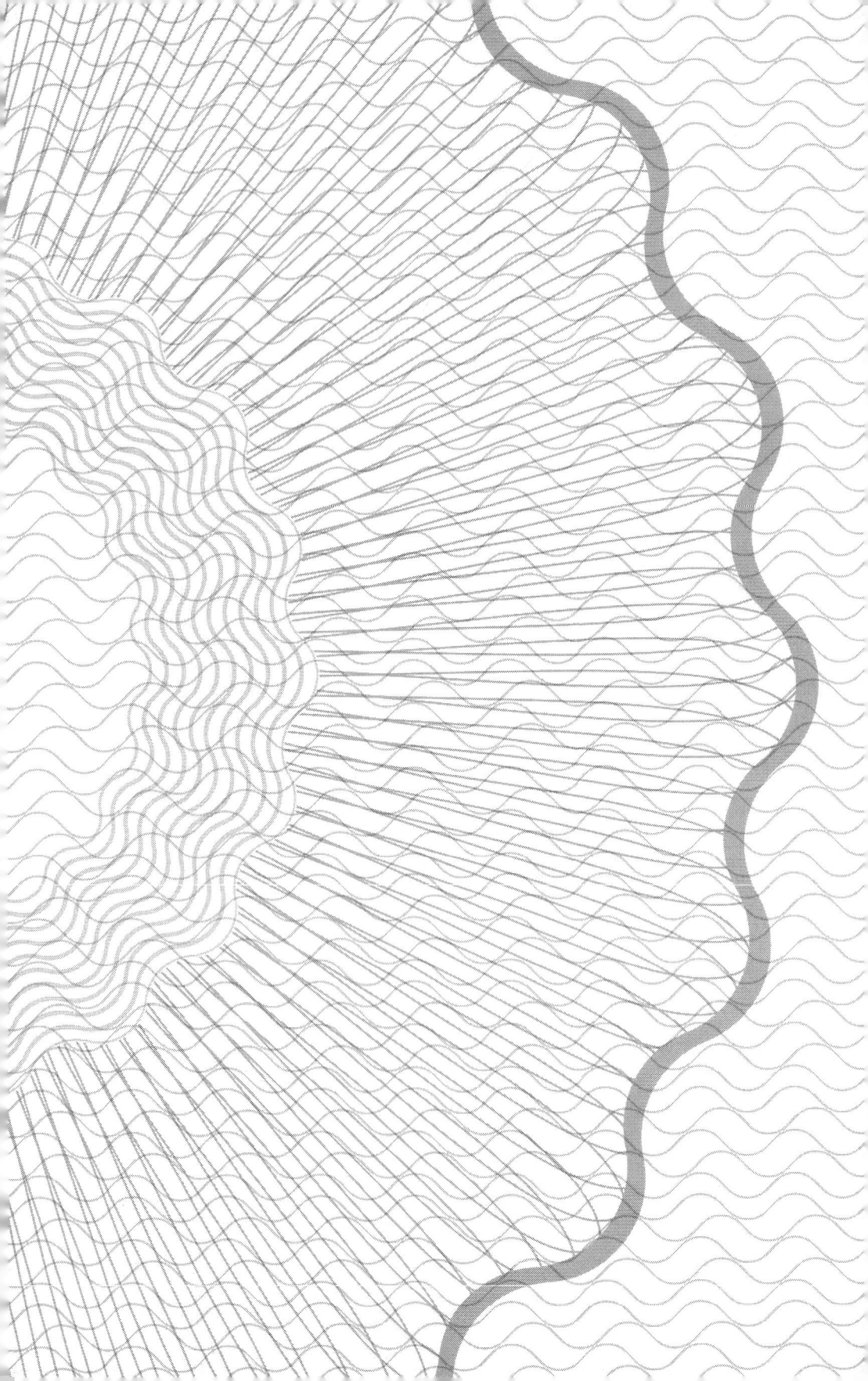

CAPÍTULO 1

A Casa da Rainha, o Relógio e a Rua dos Beatles

Uma das grandes vantagens de estar de plantão no primeiro horário da escala do dia, durante o verão, era ter a oportunidade de ver o nascer do sol. Já na estrada, com o piloto automático ligado, Têmis seguia para o aeroporto. Aquela aurora trazia a vívida memória do mar azul do Leme, dos vendedores ambulantes oferecendo biscoito de polvilho Globo e Matte Leão, da sensação do corpo salgado depois de um dia ensolarado de praia e, acima de tudo, do sentimento daquela atmosfera tão familiar, que estava, naquele momento, muito longe de sua realidade atual. Agora, vestindo um uniforme de oficial de imigração e com orgulho de ter chegado até ali, ela seguia para seu primeiro dia de trabalho. As longas seis semanas de treinamento tinham acabado e as encenações com atores durante o curso preparatório de oficiais se passariam, a partir de agora, no palco da vida real e sem personagens.

— Bom dia. Eu serei seu supervisor e mentor pelas próximas semanas – disse Balder. – Vamos nos apressar, pois o primeiro voo deste plantão está prestes a aterrissar.

Tudo parecia bem calmo naquele momento. Três oficiais tomavam seus assentos em pontos fixos onde passariam a próxima hora. O chefe de imigração de plantão já tinha tomado seu posto no "aquário", uma espécie de sala de controle, de onde tudo e todos eram observados, e onde decisões, por muitas vezes extremamente difíceis, eram tomadas.

— Há quanto tempo você trabalha na área e por que decidiu vir para o aeroporto? – perguntou Balder.

— Entrei para a imigração exercendo a função de auxiliar de vistos há quatro anos, mas achei o trabalho monótono. Afinal de contas, qual a graça em trabalhar com papéis e documentos apenas, não é mesmo? – indagou Têmis. – Depois de um tempo, o processo passa a ser automático. Precisava de mais desafios e, trabalhando aqui com clientes, penso que faria toda a diferença. Imagino que todas as dúvidas acerca do processo possam ser esclarecidas diretamente com os passageiros, em vez de enviarmos cartas para eles solicitando documentos, que era o procedimento adotado durante a consideração de um pedido de visto enviado eletronicamente ou pelo correio.

— Com certeza! – concordou Balder. – Afinal, qual o propósito de recusarmos um passageiro à distância? E, em tempo, não lidamos com clientes aqui. Não prestamos um serviço para eles, mas para o governo britânico! Olhe para o controle de chegada de passageiros. O que você vê?

— Passageiros chegando de férias, vindo a

negócios, visitando familiares – respondeu Têmis com um sorriso nervoso.

— Todos aqui são mentirosos, até que se prove o contrário! – disse Balder, agora com uma expressão mais séria. – Você vê aquele passageiro lá no final do salão? Olhe, ele está preenchendo o cartão de chegada. Observe o comportamento dele. Aquele passageiro será sua primeira recusa, não é animador?

— Como assim, Balder? – retrucou Têmis. – O rapaz não fez nada de errado. Ah, eu não vou recusar a entrada de ninguém sem motivos, hein.

— Não fez nada de errado... ainda! – discordou Balder. – Fique tranquila, não recusamos ninguém sem motivos aqui. Você aprenderá que o diabo mora nos detalhes. Nessa profissão, verá que coisas pequenas fazem toda a diferença. Veja este caso, por exemplo: o passageiro em questão já jogou pelo menos meia dúzia de cartões de chegada na lixeira. Para pessoas "normais", isso não significaria nada, mas não para nós, ratos da imigração. Ele está nervoso. Espere um momento, não saia daí.

Naquela hora, tudo o que Têmis conseguia pensar era no conforto das decisões que costumava tomar anteriormente, à distância, e sem sofrimento. Se ela recusasse um pedido de visto, aquela pessoa poderia enviar outro, ou recorrer da decisão. Mas e ali? E ali? A área de controle estava agora tomada por passageiros. Os oficiais em suas posições batendo seus carimbos freneticamente, alguns interrogando passageiros, outros aguardando pela assistência de um intérprete que possibilitasse a comunicação entre eles. Enfileiradas, aquelas pessoas traziam em suas bagagens sonhos, desejos, ambições, uma esperança por dias melhores longe de seus países de origem, distantes do lugar que um dia chamaram de lar.

— Aqui está – disse Balder com um ar de satisfação, trazendo o passageiro até a mesa de Têmis. – Fale com ele logo em português, ele não sabe falar inglês mesmo.

— Qual o propósito de sua viagem? – indagou Têmis, olhando para Balder e não concordando muito com a afirmação que ele acabara de fazer.

— Não falo inglês – disse o passageiro.

Balder esboçou um sorrisinho no canto da boca, mas não disse nada.

— Qual o propósito de sua viagem, rapaz? – perguntou Têmis educadamente, agora em português, enquanto examinava o passaporte dele.

— Passear – respondeu ele. – Que legal, você fala português.

Ao verificar o passaporte do passageiro no sistema de controle de imigração e fronteiras, Têmis notou que ele tinha um histórico de imigração adverso. Isso poderia significar muitas coisas, mas, naquele caso, salientava que o rapaz diante daquela oficial de imigração havia tido problemas com uma solicitação de visto anteriormente.

— Pergunta logo a ele se já teve algum visto recusado no passado – disse Balder impacientemente, enquanto acabava de ler a mensagem de aviso no sistema. – Você quer apostar que ele vai negar jurando de pés juntos que não sabe do que se trata?

A mensagem dizia que o passageiro tivera uma solicitação de visto de estudante recusada há menos de um mês. Ele, entretanto, não viajava mais com o mesmo passaporte que tinha utilizado no pedido anterior, pois não havia nenhum indício de registro de visto no documento de viagem apresentado por ele. Era costumeiro o oficial escrever à mão o número do pedido de visto na última página do passaporte do requerente e, se o pedido tivesse sido recusado, esse número viria sublinhado.

— Não é possível, Balder – disse Têmis. Ela olhou para o passageiro e continuou com o interrogatório inicial: – Você já teve algum problema em alguma solicitação de vistos para o Reino Unido ou qualquer outro país? – perguntou a oficial ao passageiro.

— Não, nunca – respondeu ele, sem piscar os olhos.

— Pergunta a ele se conhece alguém aqui – disse Balder. – Não preciso nem dizer que já sei a resposta!

— Você conhece alguém aqui? – perguntou Têmis.

— Não, não – assegurou o rapaz. – Vim só tirar uns dias de férias mesmo.

— Mas por que a Inglaterra? – indagou Têmis. – Por que não escolheu outro país? Por exemplo, um cuja língua você falasse?

— Ah, porque aqui é legal e é meu sonho desde criança – respondeu ele. – Sempre sonhei em ver o relógio e a casa da rainha e também aquela rua que os caras do Beatles atravessaram.

— Manda esse sujeito se sentar, por favor – disse Balder. – Com o tempo, você vai ver que o visitante que não está dizendo a verdade se enquadra geralmente nesse perfil. Para começar, o indivíduo não sabe nada sobre o destino. Se é o sonho dele desde criança, poderíamos esperar que, no mínimo, ele soubesse que o relógio se chama Big Ben, a casa da rainha não é uma casa e se chama Buckingham Palace e a rua da porra dos Beatles se chama Abbey Road.

— Calma, Balder – pediu Têmis tentando apaziguar a situação. – Isso não faz dele um mentiroso, não é? Você não deu a ele nem uma chance de se defender.

— Têmis, infelizmente, você ainda se decepcionará muito com o ser humano – afirmou Balder. – O mundo da perfeição que você conhece, na realidade, não existe. Depois que comecei a trabalhar aqui desconfio até da minha própria sombra. Você começará a entender isso até o final deste plantão, pelo menos eu espero! Verá que existirá uma Têmis antes e outra depois do serviço de imigração. Agora, sem delongas, vamos ao dever. Venha comigo que vou lhe mostrar uma coisa.

Os dois oficiais deixaram o passageiro na área de espera reservada, também conhecida por eles como "frigideira", enquanto faziam averiguações.

— Vamos dar um telefonema – sugeriu Balder.

— Para quem? – perguntou Têmis. – Para o Palácio de Buckingham? – completou com um tom irônico.

— Engraçadinha – disse Balder. – Não, para uma pessoa muito mais interessante.

Balder colocou a ligação no viva-voz para que Têmis pudesse acompanhar a conversa. Depois de alguns toques, uma mulher atendeu:

— Alô, mesa de assistência ao cliente, em que posso ajudar? – disse ela.

— Sou o oficial Balder e ligo da imigração. Você poderia colocar um anúncio no alto-falante para mim, por favor? – pediu o mentor.

— Claro – respondeu a senhora. – O que devo dizer?

— Por favor, pergunte se há alguém esperando pelo passageiro Felipe da Silva, vindo no voo PP8084 de São Paulo – pediu Balder à recepcionista. – E se alguém aparecer por aí, por favor, me avise que irei até você.

— Está bem, Sr. Balder.

Enquanto aguardavam pelo telefonema da mesa de assistência, os oficiais imprimiram todas as informações do histórico do passageiro, incluindo uma cópia do formulário de solicitação do visto de estudante que havia sido recusado e o motivo da recusa. O passageiro não fazia a menor ideia dos bastidores de toda a operação que transcorria, enquanto aguardava por essas verificações de segurança sentado na área reservada com outros que também "fritavam". "Era como se fosse a preparação de uma peça teatral", pensou Têmis: "Script, figurino, cenário, mas o futuro de uma pessoa dependia daquela produção no *backstage*".

Durante a espera, Têmis se viu pensando no tempo em que almejava estar naquela posição. Recém-chegada ao Reino Unido, lá estava diante de uma fila interminável no caixa de um restaurante de uma rede de *fast-food*. Não conhecia a moeda, a cultura, as pessoas, mas sabia que um dia estaria trabalhando no outro lado da rua. Sim, lá ficava o quartel-general do Ministério do Interior, bem em frente ao shopping onde trabalhava. Seu coração batia mais rápido toda vez que via um funcionário na fila com aquele crachá que mostrava o símbolo da Coroa Britânica. Gostaria também de, um dia, usar aquele crachá e, quiçá, trabalhar no aeroporto.

— Têmis, antes de fecharmos o restaurante, quero esses armários de metal brilhando – ordenou o gerente. – Quero que você veja sua cara branca refletindo nas portas.

Sete anos depois, aquelas palavras ainda lhe consumiam o ser. Sabia que o início não tinha sido fácil, mas aquela era a história de mais uma imigrante em terras distantes. Quando comentara com uma outra funcionária que um dia também usaria aquele crachá, foi ridicularizada e ouviu que imigrantes não chegavam àquelas posições no governo, pois eram simplesmente meros imigrantes. Esses pensamentos entristeceram-na momentaneamente, mas logo se lembrou de que três anos depois daquele difícil começo, Têmis passaria em um concurso público para o mesmo departamento governamental. Seria ainda convocada a apresentar-se bem ali, do outro lado da rua, no prédio que um dia tinha sido um oásis em sua imaginação.

No primeiro dia de trabalho no Ministério do Interior britânico, também conhecido por Home Office, achou que era apenas o local para seu treinamento. O gerente pediu que se dirigisse à sala de segurança para tirar a foto do seu crachá. Colocar aquele passe pendurado no pescoço trouxe a Têmis um sentimento animador e a certeza de que a justiça havia sido feita. Ainda trabalharia ali, naquele oásis, por mais quatro anos até chegar àquele momento em que se encontrava rememorando, no aeroporto. Naquele novo primeiro dia de trabalho, na hora do almoço, atravessou a rua e foi ao shopping. Passou em frente ao seu antigo local de trabalho e lá dentro pôde observar que tudo parecia como antes: as mesmas funcionárias que não acreditaram em seu potencial e o gerente que a tinha discriminado. Era como se o tempo para eles não tivesse passado.

Têmis teve um sobressalto com a mensagem que tocava no alto-falante:

— *Oficial Balder, por favor, dirija-se ao aquário, uma ligação o aguarda* – dizia uma voz no alto-falante interno.

Têmis lançou um olhar duvidoso para Balder, não acreditando que pudesse ser alguém da mesa de assistência ao cliente do lado de fora do terminal.

— Sim, aqui é Balder – disse o oficial. – A namorada do Felipe? Estamos a caminho.

— Vamos, vamos – disse Balder a Têmis, apressadamente, já pegando seu caderninho de entrevista e uma caneta sem tampa. – Guarde seu carimbo pessoal em seu armário. Não podemos passar com ele pela segurança para o outro lado do terminal.

Depois de saírem e, enfim, descerem para o primeiro andar pelas escadas rolantes, chegaram à mesa de assistência, onde uma jovem os aguardava.

— Bom dia. Somos da imigração e gostaríamos de saber se você está esperando por alguém – disparou Balder à mocinha, que aguardava do lado de fora.

— Sim, claro – respondeu ela. – Meu namorado se chama Felipe e está vindo para ficar uns seis meses comigo no Reino Unido. Eu estou estudando aqui, sabe, mas ele não conseguiu tirar o visto. Está tudo bem com ele?

— Está tudo ótimo com o Felipe – respondeu Balder. – São apenas umas perguntinhas de praxe – disse olhando para Têmis e anotando cada detalhe em seu caderninho. – Seu namorado sabe que você está aqui no aeroporto à espera dele?

— Sabe, sim – disse a menina.

— Felipe trabalha no Brasil?

— Não, ele está desempregado no momento, mas o pai dele ajuda de vez em quando.

— E como seu namorado pretende se manter aqui por seis meses? Afinal, é um longo período.

— Ele vai apenas me fazer companhia mesmo – respondeu a namorada de Felipe.

— Muito obrigada pela ajuda. Entraremos em contato caso precisemos de mais informações.

Aquele quebra-cabeças começava a ser montado, mas muitas peças ainda não haviam se juntado. Balder, todavia, não parecia ter dúvidas sobre o desfecho do caso. Ele se comportava como se já soubesse toda a história daquele rapaz. "Talvez seja sorte. Sim, era isso. Como era possível alguém olhar para um passageiro à distância e saber daquilo tudo?"

Voltando ao terminal, após terem ficado numa fila infernal atrás da tripulação da Air India, Balder e Têmis se dirigiram à área de chegada de passageiros e tiraram Felipe da frigideira.

— Só para desencargo de consciência, posso perguntar novamente ao passageiro o que ele veio fazer aqui? – questionou Têmis, ainda não aceitando o veredito daquele rapaz.

— Pergunte o que achar necessário, você é a oficial responsável por esse processo – disse Balder, encorajando Têmis. – Quando adquirir experiência nesse trabalho, verá que duas ou três perguntas geralmente serão suficientes para saber que tipo de passageiro está à sua frente.

— Está bem – disse Têmis, não muito convencida. – Felipe, por favor, me diga novamente o motivo de sua visita ao Reino Unido.

— Turismo, vim ficar por umas duas semanas aqui para conhecer – confirmou o rapaz.

— Você tem passagem de volta para o Brasil? – perguntou Têmis.

— Sim, tenho – disse Felipe tirando um papel amassado do bolso da calça jeans.

— E onde você vai ficar hospedado? – indagou a oficial.

— Em um albergue, mas só paguei a estadia por umas noites – disse o passageiro tentando convencer Têmis. – No caso de eu desejar ficar em outro lugar.

— Tá bom – disse Balder descrente. – O mesmo blá-blá-blá de sempre. Têmis, por favor, explique ao passageiro que, a partir de agora, ele está detido e que confiscaremos seu passaporte e bagagem para averiguações. Preencha o documento IS81[6] que explica os parágrafos da lei que conferem esses poderes aos oficiais de imigração. Antes de o conduzirmos à detenção, entretanto, diga-lhe que precisamos olhar a bagagem dele.

— Felipe, precisaremos esclarecer mais dúvidas a respeito de sua vinda ao Reino Unido – explicou

---

[6] Autorização para a detenção de passageiros para averiguações.

a novata. – Para isso, solicitaremos que aguarde em nossa sala de espera interna onde ficará mais confortável e poderá beber e comer alguma coisa. Antes disso, entretanto, precisaremos pegar sua bagagem. Quantas malas você trouxe?

— Duas – disse ele.

— Duas malas para passar duas semanas? – perguntou Têmis, achando estranho.

— Sim, não sei se está frio ou não, então, achei melhor trazer mais roupas caso precisasse – respondeu Felipe.

Os dois conduziram Felipe ao hall de bagagens, onde as malas do passageiro já circulavam sozinhas na esteira. Os demais ocupantes daquele voo já haviam passado pelo controle de imigração e recolhido seus pertences. A calmaria de antes voltava ao terminal, pelo menos até a chegada do próximo voo. O rapaz, entretanto, já deixava transparecer um certo desconforto por estar ali há tanto tempo.

Ao abrirem as malas, Têmis e Balder se surpreenderam com a quantidade de chocolate e presentes embrulhados que estavam enfiados nos longos bolsos da bagagem.

— Por questões de segurança, precisaremos abrir esses pacotes – explicou Têmis. – Por que traz presentes se não conhece ninguém aqui? – indagou.

— Humm... É... então – disse um confuso Felipe.
– Talvez eu encontre uma prima que mora na Europa – confessou, após uma longa hesitação.
— Sei – disseram os oficiais se entreolhando.

Após voltarem ao segundo andar do terminal, conduziram o passageiro à detenção ou, como Têmis preferia dizer, à "sala de espera". Lá, os assistentes dos oficiais de imigração tirariam as impressões digitais e a foto dele. A biometria seria, então, inserida em uma base de dados que faria uma busca por todos os sistemas da imigração britânica no mundo. Seriam detectadas ali todas as informações acerca de possíveis adversidades no histórico daquele passageiro. Esses dados seriam coletados de todos os portos de entrada britânicos ou de departamentos de solicitação de visto em qualquer localidade do globo. Enquanto o processo de identificação estava em andamento, os dois oficiais se preparavam para entrevistar o passageiro. Já haviam passado os pormenores da situação ao chefe de imigração de plantão e terminado de colocar os dados de Felipe no sistema. Também tinham preparado o arquivo dele com todas as informações que haviam juntado até aquele momento, desde a chegada do passageiro, a entrevista inicial, achados na bagagem e observações feitas, até os dados da entrevista com Maria, a namorada dele.

— O procedimento padrão é o próprio oficial conversar diretamente na língua do passageiro. Isso somente é permitido se o oficial, como é o seu caso, Têmis, tiver a autorização e o reconhecimento linguístico dado pelo departamento de fronteiras – explicou Balder. – Entretanto, para facilitar a conversa entre todas as partes, utilizaremos um intérprete para que você não precise traduzir tudo para mim e fazer as anotações do caso ao mesmo tempo.

— Está bem, Balder – concordou Têmis.

Naquele momento, chegaram à sala de entrevistas da detenção, onde o passageiro já aguardava por eles. Era uma sala de tamanho médio. Têmis observou que havia uma máquina de refrigerantes e uma outra com aperitivos; havia também um telefone público e uma televisão, e, ao fundo, três salas de entrevista. Do lado de fora, dois guardas faziam a segurança do local. Eles eram responsáveis por tomar conta da segurança e, além disso, dar assistência aos passageiros. Registravam a hora de entrada e saída de todos, inclusive dos oficiais, e ofereciam refeições aquecidas no micro-ondas aos detentos que desejassem almoçar ou jantar ali na "salinha de espera". Logo adiante, havia uma outra sala onde todas as malas dos passageiros que estavam detidos ficavam guardadas. Balder pediu que um dos seguranças abrisse a porta para que Têmis observasse lá dentro.

— Aqui parece que as bagagens têm vida – brincou Balder.

— Como assim? – indagou Têmis.

Ao abrirem a porta, uma sinfonia de toques de aparelhos celulares os recepcionou. Certamente, eram ligações recebidas de parentes, amigos, namorados e patrocinadores que estavam do lado de fora e desejavam saber notícias. Aqueles que entravam em contato com a imigração recebiam o número do telefone público da salinha de espera e poderiam, somente assim, contatar seus entes queridos. Muitas vezes, longas horas se passavam até que esse contato se estabelecesse. Isso acabava por ajudar o trabalho dos agentes, que preferiam que seus passageiros falassem com aqueles que os esperavam apenas após a entrevista formal. O teste de credibilidade era fundamental para o trabalho de investigação dos oficiais, que comparavam as respostas dadas pelas partes envolvidas.

— Mas por que eles não podem ficar com seus telefones? – perguntou Têmis ingenuamente.

— A não ser que você queira seu rosto e identidade estampados ao vivo no Facebook ou no YouTube, não acho que seja uma boa ideia permitirmos *smartphones* lá dentro – disse Balder dando uma gargalhada. – Permitimos que fiquem apenas com telefones que não possuam câmera. Todos os passageiros são revistados antes que entrem na detenção. Para verificarmos não apenas se carregam telefones, mas também se não esconderam nenhum objeto pontiagudo que poderia ser usado como arma contra um de nós.

— Nossa! – exclamou Têmis. – Não tinha pensado nessa possibilidade.

Até as canetas Bic eram amarradas à mesa e suas tampas removidas. Têmis entendeu o porquê de Balder sempre andar com suas canetas sem tampa. As mesas e cadeiras eram grudadas no chão e ao redor das salas de entrevista alarmes e circuito de TV interno tinham sido instalados para a segurança de todos. Balder contara a Têmis que certa vez um passageiro havia enfiado uma caneta na mão de um oficial.

— Felipe, por favor, nos acompanhe até a sala de entrevista – chamou Têmis. – Você se sente bem? Entende o intérprete? – indagou.

— Sim – respondeu o passageiro.

— Qual o motivo de sua viagem ao Reino Unido? – inquiriu Têmis.

— Eu já disse a você várias vezes! – respondeu ele, impaciente.

— Gostaria de perguntar novamente – insistiu Têmis. – Estamos entrevistando você formalmente. Tudo o que disser aqui será registrado em seu arquivo. Ao final da entrevista, faremos uma recomendação ao nosso chefe de imigração acerca da permissão ou da recusa de sua entrada. Gostaria de frisar que é crime mentir para um oficial de imigração. Fui clara?

— Sim – disse Felipe, agora mais comedido.

— Como eu ia dizendo, qual o motivo de sua visita ao Reino Unido? – Têmis repetiu a pergunta.

— Turismo.

— Quanto tempo pretende ficar aqui? – perguntou Têmis, enquanto anotava todas as perguntas e respostas na ficha dele.

— Duas semanas.

— Você conhece alguém que esteja presente no Reino Unido, seja britânico, seja cidadão de qualquer outro país?

— Não, ninguém – disse ele. – Vim sozinho e ficarei sozinho.

— E como você explica os presentes e chocolates que estão em sua mala?

— Como falei, são para minha amiga que mora na Europa e talvez venha me encontrar aqui.

— Amiga?! – admirou-se Têmis. – Enquanto estávamos olhando sua bagagem, você disse que tinha uma prima na Europa. Ela é sua prima ou sua amiga?

— Ah, na verdade, é amiga, mas nos consideramos primos, pois crescemos juntos.

— Você já fez algum tipo de solicitação de visto para o Reino Unido ou qualquer país no mundo?

— Não – retrucou ele, enfaticamente.

— Tem certeza? – insistiu Têmis. – Você está categoricamente me dizendo que NUNCA fez um pedido de visto para o Reino Unido?

Têmis começou a concordar com Balder. Uma mistura de sentimentos lhe invadiu o corpo. Diante dela ali estava um ser humano como ela, vindo do mesmo país e mentindo de uma forma quase convincente. "Como pode uma pessoa mentir assim, descaradamente, sem pestanejar, e o pior, sem sentir o menor arrependimento?", pensou Têmis. E ela, até aquele momento, acreditava que em algum ponto Felipe admitiria toda a história, que ele estava de fato vindo aqui para se encontrar com sua namorada que passaria aquele ano no Reino Unido como estudante.

— Então, resumindo, você está vindo para o Reino Unido, pela primeira vez no exterior, não conhece ninguém aqui, veio passar duas semanas para ver a casa da rainha, o relógio e a rua dos Beatles, é isso? - concluiu Têmis.

Antes que Felipe pudesse esboçar qualquer resposta fabricada, Têmis abriu o arquivo abruptamente e mostrou a ele as cópias do pedido de visto que fizera no Rio de Janeiro há menos de um mês. Mostrou também uma cópia de seu passaporte anterior e uma cópia do visto de sua namorada, Maria, que o esperava do lado de fora.

— E quem é Maria? – perguntou Têmis furiosamente. – E esse passaporte aqui? É seu sósia? E esse pedido de visto de estudante com sua assinatura, também não é seu? Olha, Felipe, desde o início eu defendi você, achei que me falaria a verdade quando viéssemos para a entrevista. Você é uma grande decepção.

— Bravo, Têmis – disse Balder orgulhosamente. – Acho que estamos diante da mais nova oficial de imigração do terminal. Desculpe-me se foi doloroso para você, mas, como ele, outros milhares virão.

— Eu não sabia que precisava falar que minha namorada estava aqui – explicou o passageiro. – Desculpe-me se não falei a verdade.

— Felipe, infelizmente sua entrada será recusada nesta ocasião – concluiu Têmis. – Como havia explicado no início de nossa entrevista, mentir para um oficial de imigração é crime. Além de sua entrada ser recusada, você será banido de visitar o Reino Unido pelos próximos dez anos. Não se preocupe, avisaremos a Maria de nossa decisão. Informarei a ela nosso número de contato interno para que ela possa ligar para você, caso deseje.

— Você pode entregar os presentes que eu trouxe à minha namorada? – pediu o passageiro.
— Infelizmente, por motivos de segurança, isso não é permitido – explicou Têmis. – Faremos os ajustes necessários com relação à sua passagem de volta e você retornará ao Brasil no próximo voo disponível. Após conversarmos com nosso chefe de imigração, entraremos em contato. Se entendeu tudo, por favor, assine aqui, no final das anotações de sua entrevista. Até mais tarde.

Têmis e Balder saíram da sala a fim de cuidar de toda a papelada burocrática para removerem o passageiro. Passaram o resumo da entrevista ao chefe de plantão, depois ligaram para a companhia aérea para informar que um passageiro recusado retornaria no voo daquela noite ao Brasil. Mesmo que o voo estivesse lotado, um passageiro recusado tinha sempre prioridade e a companhia precisaria tirar um cliente pagante para levar o detento. Muitas vezes isso causava um certo mal-estar entre os funcionários da companhia aérea e os oficiais de imigração.

Entretanto, eram obrigados por lei a levar o passageiro. Esse era o principal motivo pelo qual as companhias aéreas exigiam que passageiros tivessem bilhetes de ida e volta, salvo se possuíssem um visto válido de entrada para o Reino Unido.

Já em seu vestiário, Têmis retirou as insígnias do uniforme e as colocou em seu armário, junto a seu carimbo pessoal. Seu primeiro turno chegava ao fim e, embora ciente de que tinha cumprido seu dever, não deixava de pensar um pouco em Maria, que agora, sozinha, retornava para casa. Felipe, em contrapartida, estava a caminho do Brasil, tendo conhecido apenas o aeroporto de Londres, e voltaria à mesma vida de sempre e com apenas uma certeza: nem tão cedo poderia visitar a casa da rainha, o relógio e a rua dos Beatles.

△ △ △

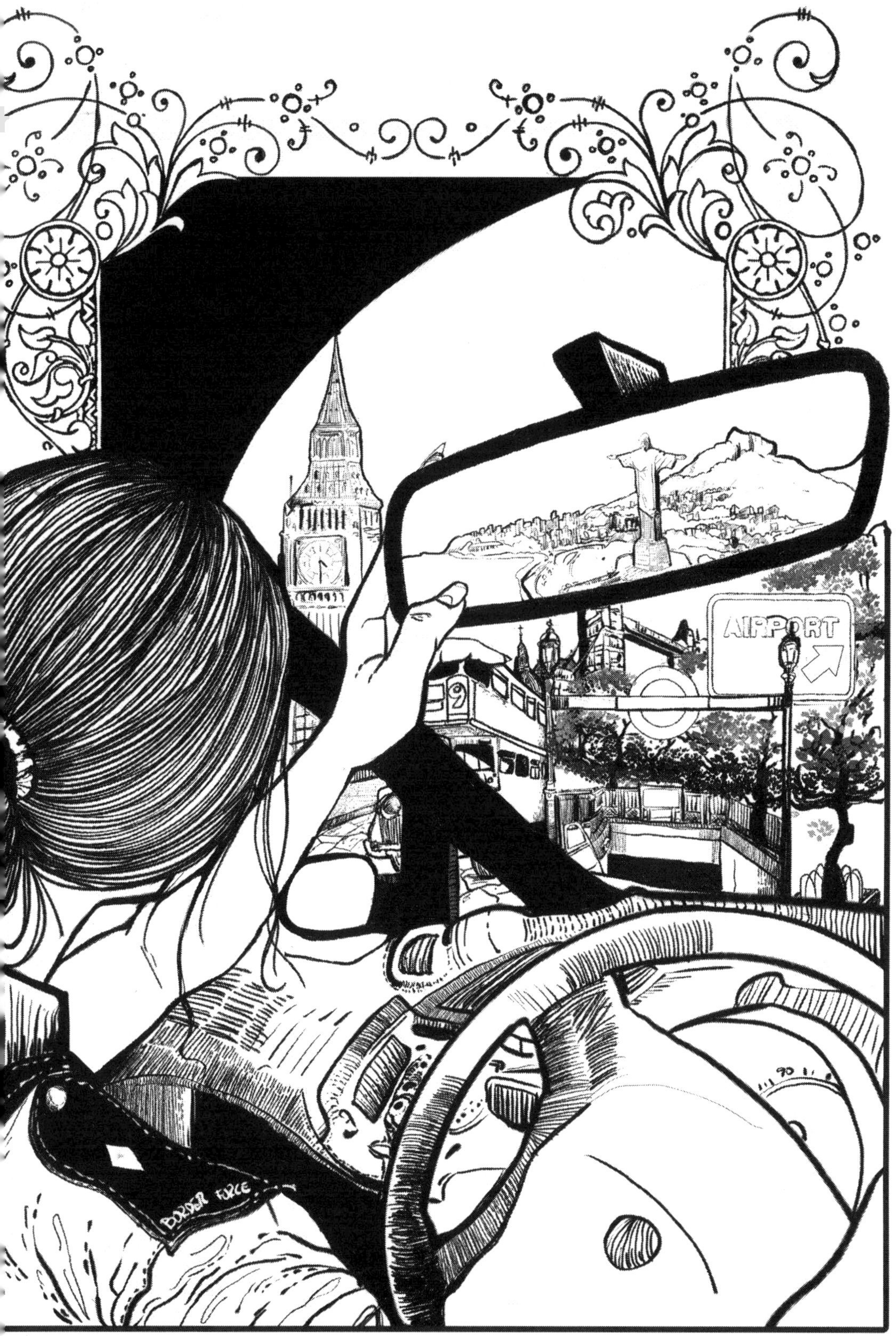
AIRPORT
BORDER FORCE

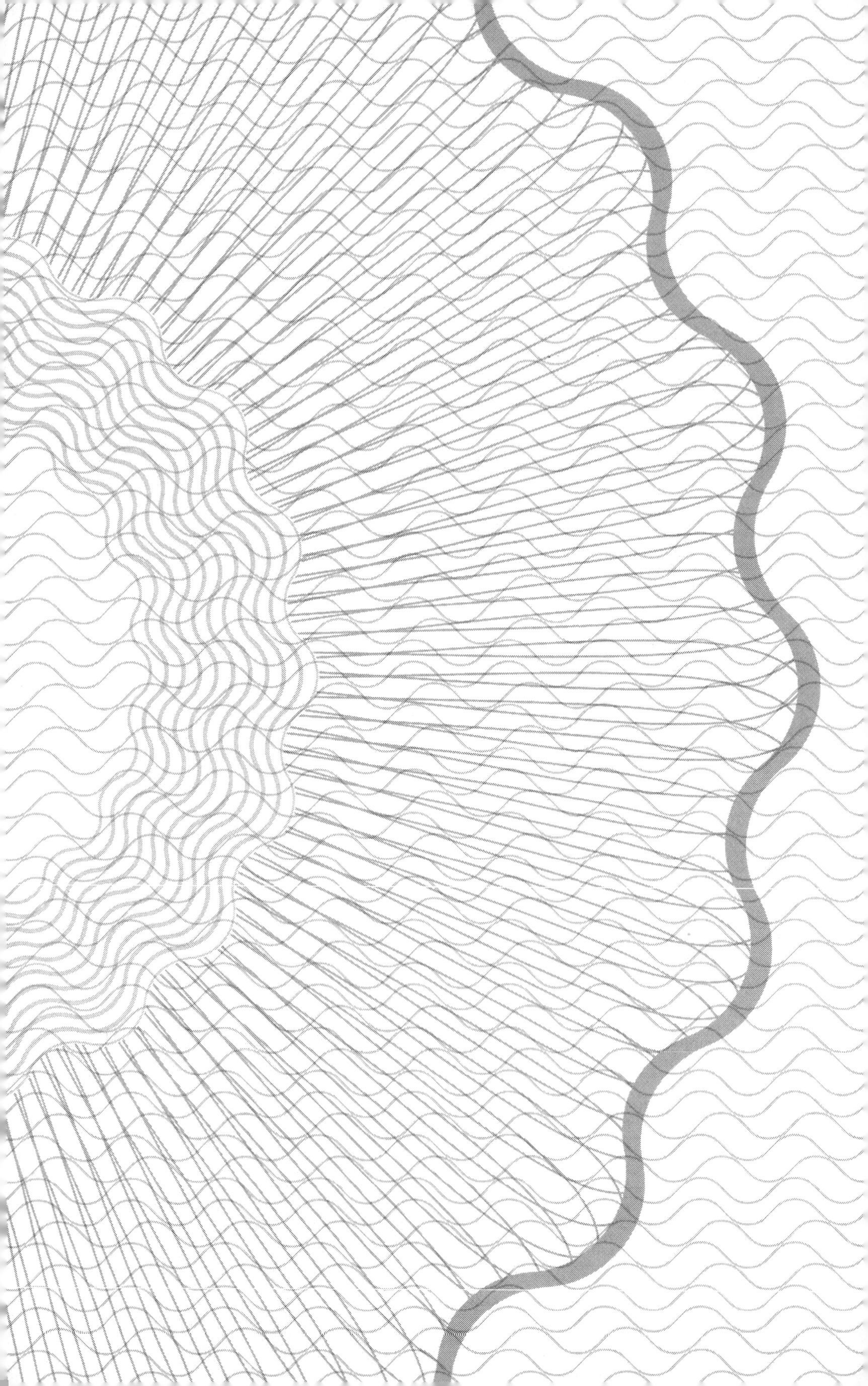

CAPÍTULO 2

A Cachoeira de Esmaltes

Centenas de passageiros surgiam ao mesmo tempo no terminal. Era uma aglomeração de recém-chegados, seguranças correndo de um lado para o outro, um anúncio intermitente no alto-falante que se misturava ao barulho ensurdecedor das pessoas gritando e tentando se comunicar em diferentes línguas. Parecia o retrato de uma terra sem lei, não havia ordem, só medo e incertezas. E agora, como ficaria a segurança do país? A economia não estaria protegida, faltariam vagas de emprego para todas as pessoas que estavam tentando entrar. E os serviços públicos? Entrariam todos em colapso! Não teríamos leitos suficientes nos hospitais, vagas nas escolas, efetivo de policiais para conter a violência desenfreada que certamente entraria em erupção em nossas ruas. O caos seria inevitável. Sem trabalho, não haveria dinheiro, sem dinheiro, não poderiam comprar comida e nem teriam uma casa para morar. Haveria tumulto, as pessoas invadiriam os supermercados para roubar comida. Famílias dormiriam nas ruas.

— Olhem! Eles estão abrindo os portões! Vocês não podem entrar assim. Não há vistos para todos. Não, não! Balder, Balder, Balder!

Do lado de fora, a chuva caía forte e batia contra a janela do quarto de Têmis. Sua respiração era ofegante e a pele transpirava muito. Ela olhava para o teto, os olhos ainda se ajustavam à escuridão do ambiente, que era interrompida apenas pelos raios e trovões do lado de fora. Sentou-se e percebeu que tudo não havia passado de um pesadelo. Aliviada, tentou olhar as horas. Eram 2h22 da manhã. Desde que começara a trabalhar no aeroporto que Têmis acordava todas as noites naquele mesmo horário. Insônia? Seriam os horários de plantão os responsáveis por essas mudanças em seu ritmo circadiano? Será que teria feito algo errado?

Não, ainda estava com seu mentor. "Balder, o supervisor impecável", lembrou. Havia notado que ele era um homem muito bem cuidado. Um tipão, como diria sua avó. Sempre perfumado e de barba feita. Tinha os cabelos pretos e os olhos azuis mais profundos que havia visto, mais ou menos 1,80 m de altura e um corpo escultural. Ele levava seu uniforme todos os dias pendurado em um cabide, para que não amassasse no trajeto para o trabalho. Os sapatos, parecia que havia acabado de comprar, pois estavam sempre lustradíssimos. Tinha fala macia, mas as palavras cortavam como uma navalha afiada. Saíra da escola direto para o serviço de imigração. Vinte anos depois, agora aos trinta e oito anos, era um dos oficiais mais experientes do aeroporto. Têmis quis saber por que não se candidatara a uma das vagas para a chefia, já que possuía tanto conhecimento. O supervisor impecável lhe explicara que gostava de pôr a mão na massa. Não se via dentro do aquário supervisionando outros, ficando longe da ação. Não conseguiria dirigir a cena, queria ser o ator principal. Gostava também de treinar novos oficiais e dizia que precisava multiplicar os ratos da imigração com o perfil dele.

"Minha nossa! Já são 4h da manhã! Pego às 6h!", pensou Têmis preocupada.

Pulou da cama e, depois de um rápido banho, já seguia rumo ao aeroporto. Morava a quase 130 km do trabalho. Comprara aquela casa no interior da Inglaterra um ano depois de ter chegado ao Reino Unido, mas o peso do caminho diário na estrada já começava a ser sentido por Têmis, que demonstrava os primeiros sinais de cansaço: "Talvez tenha sido a noite mal dormida", pensou ela em voz alta, tentando disfarçar o sono. Lembrou que não havia passado em seu teste de motorista há muito tempo. Perdera sua melhor amiga em um acidente de trânsito em 1997 no Rio de Janeiro e, por isso, Têmis, até então, não tinha conseguido pegar em um volante para dirigir e achava que nunca conseguiria esse feito. Não sabia o quanto estava longe da verdade. Assim que passou no concurso de oficial de imigração, sabia que seus dias utilizando transporte público estariam contados. "Como poderia cumprir seus diversos plantões a não ser que dirigisse?", questionou. Quando começou a frequentar o curso de formação de oficiais, matriculou-se também na autoescola. Nunca mais se esqueceu de sua primeira aula com um instrutor inglês.

— Têmis, aqui estão o volante, a embreagem, o freio e o acelerador, Ok?

"Esse cara só pode estar de brincadeira", pensou.

— Sim, claro. Onde está a chave? – indagou ela.

— Está aqui.

— Ah, sim. Então, por onde eu passo a mão para ligar essa joça? Por dentro do volante? Por fora do volante?

— Como assim, Têmis? – perguntou o instrutor espantado. – Claro que você sabe que é por fora, não é?

— Sim, claro! – respondeu Têmis. – É que eu tenho seis semanas para aprender. É quando termina meu treinamento e depois terei que dirigir até meu trabalho.

Lembrou-se de que tinha tomado pau na primeira tentativa do exame prático e teve que encarar a turma de oficiais na volta do teste.

— E aí, Têmis, passou?

Têmis só fez um sinal de que tinha se ferrado. Não tinha conseguido passar à quinta marcha na estrada. "Que derrota", pensou. A marcha do carro do instrutor estava travando e bem no dia do seu teste o troço resolveu emperrar de vez. Têmis chegou à conclusão de que precisava comprar um automóvel. E foi aí que a situação ficou mais cômica ainda. Chegou à concessionária para comprar um veículo novo. A vendedora explicou o procedimento e Têmis escolheu o modelo. Queria um carro que fosse econômico. A senhora sugeriu a ela que comprasse o então último modelo do Peugeot, o 308. Era potente, econômico e confiável. Era exatamente o que Têmis precisava, pois não queria passar a noite na estrada com um carro quebrado. Na hora de assinar a papelada, a vendedora lhe pediu a carteira de motorista.

— Ah, sim, claro. A minha carteira será emitida mês que vem – disse Têmis.

— Como assim? A senhora perdeu a carteira anterior? – perguntou a vendedora.

— Não perdi, não. Nunca tive carteira de motorista na vida, mas isso é só um detalhe. Mês que vem vou passar no teste prático e terei a carteira.

Um silêncio constrangedor pairou no ar. Têmis era tão confiante que não percebia o tamanho do absurdo que tinha acabado de dizer. Estava prestes a comprar um carro zero e nem carteira de motorista tinha. Não passou na primeira tentativa da prova prática e não sabia, na verdade, de quantas tentativas precisaria para passar e se, efetivamente, passaria! Alguns segundos se passaram e finalmente a vendedora se pronunciou. Provavelmente tentava digerir tamanho absurdo: vender um carro para uma louca que ainda nem carteira tinha.

— Se a senhora não se importar, eu tenho que falar com meu gerente.

Alguns minutos depois, ela voltou dizendo que estava tudo certo, mas que Têmis precisaria estar acompanhada por alguém que possuísse uma carteira de motorista há pelo menos três anos. Ela respondeu que não haveria problema e o assunto se deu por encerrado. Na vida de Têmis tudo acontecia assim, meio que sem planejamento. Ela simplesmente resolvia os problemas que apareciam e não perdia muito tempo pensando no que poderia dar errado. "Afinal, qual a pior coisa que poderia acontecer?", perguntou a si mesma. "Não passar novamente e ter que aguentar o instrutor por mais três semanas e a zoação dos oficiais pelo mesmo período!" Precisava passar de qualquer jeito!

— Tudo bem, Têmis? – perguntou Balder, ao vê-la tomando um café do lado de fora, na zona de desembarque internacional do aeroporto.

— Sim, tudo, apesar de umas cenas apocalípticas com as quais sonhei durante a noite passada – respondeu com uma risada. – Deixa para lá. Espere aí, já estou terminando meu café.

Os dois caminharam para o "lado ar"[7] do terminal depois de passarem pela segurança. Assim que chegaram ao aquário, precisaram assinar o livro de presença. Na verdade, não era uma assinatura, mas uma carimbada que cada oficial precisava deixar no registro. Era nessa hora que alguns desavisados levavam uma reprimenda do chefe de plantão, principalmente às 6h da manhã, quando o sujeito já tinha feito o plantão da noite e estava doido para chutar o primeiro cachorro morto que desse uma carimbada com a data errada. "Já vi gente carimbando o ano de 1008, em vez de 2008. Naquela época, Cabral nem pensava em descobrir o paraíso do Brasil e seu farto ouro. Às vezes penso se os Tupiniquins teriam dado melhor destino à *Terra Brasilis*", pensou. O Brasil sofreu um massacre com a invasão dos europeus para fins de exploração por muitos anos e sente até hoje os efeitos colaterais do açoite. Os nativos pouca resistência ofereceram ao branco que, além das doenças que levaram consigo em suas gigantescas embarcações, escravizaram, torturaram e impuseram sua cultura aos povos que lá habitavam. O fato mais curioso que ocorreu foi quando os portugueses proibiram a entrada de estrangeiros no Brasil durante o período colonial. Apenas a partir de 1808, às vésperas da independência do Brasil, que o flu-

---

[7] O lado ar de um aeroporto corresponde à área de movimento de um aeródromo cujo acesso é controlado.

xo de europeus com o propósito de povoamento se acentuou e o país recebeu portugueses, espanhóis, suíços, alemães, ingleses, italianos e, mais tarde, os japoneses. A pátria amada Brasil era uma mãe gentil aos filhos daquele solo, fossem eles natos ou que o adotassem, a fim de prosperar no Novo Mundo ou para trabalhar no cultivo de suas imensas lavouras de café. No século XXI, o fenômeno oposto era observado, mas os europeus que outrora tinham feito o caminho para lá não aceitavam o caminho para cá dos que emigravam para a Europa, brasileiros estes que agora eram o resultado de uma mistura, em grande parte, de indígenas, brancos europeus e negros.

— O voo da Air France está em aproximação. Todos a postos – alertou o chefe de plantão.

— Balder, os chefes estão sempre de mau humor? – perguntou Têmis.

— Não, nem sempre. A grande maioria coloca uns escravos de plantão no aquário e vai dormir lá atrás. Os miseráveis só acordam um pouco antes de os plantonistas das 6h chegarem. O "Mestre dos Magos" está enfezado porque é um dos poucos que têm responsabilidade e ficam acordados durante a noite. Ele entrevista até passageiro quando está bastante movimentado. Trabalhe direito e você nunca conhecerá o lado "Vingador" dele – advertiu Balder.

Os passageiros começaram a chegar e a maioria deles passou rapidamente pelo controle destinado aos europeus. Alguns poucos formaram uma pequena fila na área de atendimento aos viajantes de outras nacionalidades. Balder logo anunciou que a posição deles já estava aberta.

— Balder, mas eu ainda nem entrei no sistema! – reclamou Têmis.

— Não tem problema. Nós não esperamos, quem espera são eles! – retrucou Balder.

Nesse momento, uma senhorinha que aparentava ter seus 65 anos de idade se aproximou deles.

— Bom dia. Não falo inglês – disse ela educadamente.

— Sem problemas, senhora. A minha supervisora aqui fala português – disse Balder apontando para Têmis.

Balder era fluente em italiano e arranhava no mandarim, um ótimo agente para se ter por perto, pois, além do conhecimento e experiência inquestionáveis, era um linguista de mão cheia.

— Fui promovida, Balder? – perguntou Têmis, com um ar brincalhão.

— Ainda não, Têmis – respondeu Balder. – Digo isso, pois prevejo que você está prestes a se sensibilizar com a passageira por causa da idade dela, não é? – continuou. – Pois saiba você que a regra número 1, todos aqui são mentirosos, vem com um segundo parágrafo. Regra número 2: a idade do passageiro não significa nada.

— Quando você fala assim, eu fico até assustada – comentou. – Passaporte, por favor – solicitou Têmis.

— Sim, claro. Você quer minha passagem de volta? – perguntou a senhorinha. – E o seguro de viagem? Eu também tenho seguro de viagem. A minha filha está me esperando lá fora. Quero muito ver minha netinha, mas ela deve estar indo para a escola com o pai.

— Dona Ângela, só o passaporte por enquanto, obrigada. A senhora vai ficar quanto tempo aqui? – perguntou a oficial.

— Está na passagem, minha filha – disse a passageira.

— Mas a senhora não sabe quanto tempo vai ficar, mais ou menos? – indagou Têmis achando esquisito.

— Sim, sim, uns dois, três meses... O de sempre, minha filha.

Têmis examinou o passaporte e percebeu que a passageira fazia essa mesma viagem todos os anos, sempre no verão. Nos últimos cinco anos, ela possuía um único carimbo de entrada para cada ano que visitou a filha.

— A senhora vem para o Reino Unido todos os anos? Quem mora aqui? – perguntou a agente.

— Sim, venho todos os anos ficar com minha filha e a família dela. Fico uns meses e depois volto para casa.

— Têmis, pergunte se a filha dela trabalha aqui. Provavelmente não, pois tem uma filha em idade escolar. Se for o caso, gostaria muito de saber se é o genro quem paga pela passagem aérea todos os anos para a sogra. Essa eu estou curioso para saber – disse Balder.

— Balder, mais respeito com a senhora – pediu Têmis. – E você acha mesmo que, nessa idade, ela ainda vai trabalhar? – Têmis se surpreendeu com a desconfiança de Balder.

— Têmis, mantenha o foco.

— Dona Ângela, a sua filha faz o que aqui na Inglaterra? Ela trabalha? – perguntou finalmente Têmis.

— Não, não. Minha filha é dona de casa – respondeu a senhora. – Somente o marido dela trabalha.

— Bingo! – disse Balder. – Têmis, e você ainda acha que uma pensionista tem dinheiro para custear uma viagem internacional todos os anos? – indagou Balder. – Coloca ela para fritar!

— Como? Para quê, Balder? – perguntou a oficial, ainda sem entender.

— Vamos dar uma olhadinha na mala dela – comandou Balder.

Os oficiais foram até o aquário informar ao chefe o que tinha acontecido até aquele momento e o motivo da intervenção. Conduziram posteriormente a passageira até a área de recolhimento das bagagens.

— A senhora trouxe quantas malas? – questionou Têmis.

— Três malas, moça – respondeu a senhorinha achando aquele questionamento estranho, afinal de contas, ela viajava todos os anos e nunca tinha sido parada e muito menos tinha passado por tal constrangimento.

Balder gostava de vistoriar as malas ele mesmo. Enquanto olhava a primeira, Têmis e uma assistente examinavam a segunda. Têmis teve dificuldade para abrir a mala que iria inspecionar, pois esta estava muito cheia, provavelmente com o volume acima da capacidade da bagagem.

— Acho que consegui abrir – disse Têmis aliviada.

Assim que a oficial abriu a mala, uma enxurrada de vidros de esmalte saltou para fora, descendo para a mesa e finalmente se espatifando no chão. Têmis não teve reação, não conseguiu impedir que aquelas centenas de vidrinhos caíssem.

— Mas o que temos aqui? – indagou espantada Têmis.

— São esmaltes, minha filha – respondeu a senhora, sem saber onde enfiava a cara.

— Que são esmaltes, eu sei, Dona Ângela – retrucou Têmis. – A pergunta é: por que a senhora precisa de tantos em uma viagem a turismo? – inquiriu Têmis.

— Eu gosto de pintar as unhas – respondeu desconcertada.

Têmis olhou para Balder sem saber o que pensar sobre aquele disparate. Balder retribuiu o olhar para ela com aquela mesma expressão que lançara quando foi buscar o passageiro que preenchia o cartão de chegada no final do salão. Sabe aquele olhar de quem descobriu quem pegou o último suspiro do pote? Infelizmente, vários vidrinhos de esmalte se partiram formando um arco-íris de tinta no chão. Os oficiais fecharam as malas e acompanharam-na até a detenção. Após os procedimentos padrão, a senhorinha ficou descansando, enquanto os oficiais examinavam os achados nas malas e faziam outras averiguações.

— Vou dar uma olhadinha no Facebook, o que você acha, Balder? – perguntou Têmis.

— Acho uma ótima ideia, é bem por aí – elogiou Balder, encorajando Têmis.

Outros colegas de trabalho observavam à distância. Uns se aproximavam e jogavam piadinhas direcionadas aos dois.

— Têmis, o que o Balder está te ensinando? Não sabíamos que agora questionavam velhinhas que vêm visitar suas netinhas.

— Balder, olhe isso – disse Têmis, ainda não acreditando no que acabara de ver. – As pessoas são mesmo umas caixinhas de surpresas. Justamente de onde menos esperamos, onde achamos impossível algo dar errado, é que descobrimos informações inacreditáveis – comentou Têmis, atônita.

Em uma página de rede social da passageira, estava o seguinte anúncio:

"Olá, minhas queridas clientes. A Ângela está de volta a Londres, dessa vez trazendo lançamentos e cores novas para suas mãos de fadas. Façam seus agendamentos através do número 07987654321. Estou com ofertas incríveis! Para mais informações, enviem mensagens inbox."

— Têmis, por favor, verifique se esse celular é o mesmo que ela deu como contato para a filha aqui em Londres – pediu Balder.

— O mesmo, Balder! – respondeu Têmis, boquiaberta. – Balder, quando crescer quero ser igual a você – brincou ela.

Têmis começou a cogitar se um dia chegaria ao nível de Balder. Ele fazia tudo parecer tão óbvio, tão fácil. Começava a sentir ali um certo alívio que o conhecimento sobre a nova função lhe proporcionava, mas não sabia ainda se sentiria prazer ao desempenhar aquela árdua e, por vezes, desafiadora tarefa como o seu ganha-pão. Era difícil prever se saberia lidar com aquela energia negativa: a energia de um sonho desfeito, de uma mentira descoberta, de uma rejeição sofrida pelo desafortunado passageiro. A dor causada por uma ferida exposta por ela; estaria interferindo no destino de uma pessoa, apesar de ter respaldo nas leis para tal. Não eram apenas vidros de esmaltes despedaçados ao chão. Eram também sonhos que se desintegravam e se misturavam às cores do arco-íris. Decidiria se aquele passageiro poderia ter uma chance de melhorar sua vida ou se voltaria para o lugar de onde veio. Sabia que era um trabalho importantíssimo e que precisava ser feito, afinal, existem vários propósitos para o controle de imigração em um país, dentre eles a proteção da economia e dos serviços públicos, a segurança nacional, a prevenção de crime e da entrada ilegal de mercadorias, para citar alguns. O que parecia algo inocente, como a entrada temporária para um trabalho sem permissão, iria muito além de apenas um dinheirinho que aquela pessoa receberia. Aquele trabalhador informal estaria ocupando o lugar de uma pessoa vivendo legalmente no país, além de não estar pagando impostos que seriam, mais tarde, revertidos para o uso público. Se houvesse crescimento na oferta do trabalho ilegal, haveria, em contrapartida, uma redução salarial, pois os consumidores procurariam pelos preços mais baixos para os serviços que desejassem contratar. Parecia insignificante se apenas uma pessoa fosse levada em consideração, mas o impacto era muito diferente em um modelo em grande escala.

— Olá, boa tarde, aqui é a oficial Têmis, falo com a senhora Amanda?

— Sim, a minha mãe está bem? – perguntou a filha da passageira, que esperava no lado de fora.

— Sim, ela está bem. Precisamos fazer algumas perguntas a respeito da vinda da Dona Ângela para o Reino Unido, tudo bem? – inquiriu Têmis.

— Sim, claro, mas tem algo errado? Por que ela foi parada? – perguntou a filha da passageira.

— Por enquanto, estamos apenas solicitando mais informações – disse Têmis. – Por quanto tempo sua mãe ficará no Reino Unido?

— Por seis meses. Ela sempre vem e fica aqui durante esse tempo e nunca tivemos problemas.

— Quem pagou pela passagem da Dona Ângela?

— Ela mesma, usando a aposentadoria que recebe no Brasil.

— Quanto ela recebe de aposentadoria mensalmente? – perguntou Têmis.

— Em torno de R$ 600,00 por mês, mas nós pagamos pela comida e a estadia dela aqui.

— A senhora trabalha? Qual seu *status* no Reino Unido?

— Eu não trabalho, pois tenho uma filha de cinco anos que está na escolinha. Sou casada com um europeu – respondeu a filha da passageira.

— Ok, muito obrigada, Sra. Amanda. Entraremos em contato novamente se precisarmos.

— Mas por quanto tempo ainda vão ficar com minha mãe? Ela deve estar cansada. É uma senhora e está viajando desde ontem.

— Sabemos disso, Sra. Amanda. Sua mãe está bem, obrigada – disse a oficial de imigração desligando o telefone em seguida.

— Você consegue entender o problema, Têmis? – perguntou Balder. – A passageira ganha um pouco mais de £ 100.00 por mês, provenientes de sua aposentadoria. Ela não teria condições de comprar uma passagem aérea internacional todos os anos e ainda se manter no Brasil com esse rendimento. Então, no caso dela, já que a filha não trabalha, seria justo chegarmos à conclusão de que a Dona Ângela precisaria trabalhar aqui para conseguir pagar por essas despesas, pois não teria como viajar por tanto tempo todos os anos. A lei que abrange os visitantes proíbe o trabalho, pois estamos justamente, dentre outras coisas, protegendo nossa economia – explicou Balder. – Você já sabe qual será o desfecho do caso, mas antes de chegarmos a uma conclusão, precisaremos entrevistá-la formalmente.

"A realidade dos imigrantes econômicos é avassaladora", refletiu Têmis. "Em um país desenvolvido poderíamos concluir que uma pessoa aposentada poderia, de fato, aproveitar a terceira idade sem ter que se preocupar com sua situação econômica, em como pagaria seu aluguel, pois já teria sua casa própria, em como custearia sua conta médica, pois o Estado cuidaria de sua saúde, ou como pagaria por sua alimentação e gastos gerais, pois suas contribuições, retiradas na fonte ao longo dos árduos anos trabalhados, seriam suficientes para cobrir esses gastos. Essa realidade está muito longe do ideal em países em desenvolvimento, como é o caso do Brasil", concluiu.

— Olá, Dona Ângela, estamos aqui para entrevistá-la formalmente. Faremos algumas perguntas a respeito de sua vinda para o Reino Unido. Alertamos que é crime mentir para oficiais de imigração. Após a entrevista, passaremos seu caso ao nosso chefe e, então, decidiremos se a senhora poderá entrar no país. A senhora se sente bem? Entende o intérprete?

— Sim, entendo. Só não sei por que estou aqui – disse a passageira.

— A senhora está aqui, pois não acreditamos que era uma turista de verdade e é por isso que precisamos fazer mais perguntas. Qual o motivo de sua vinda ao Reino Unido?

— Como eu disse à moça anteriormente, vim visitar minha filha, neta e genro.

— Por quanto tempo a senhora veio a passeio? – indagou a oficial.

— Isso depende – respondeu Dona Ângela. – Às vezes fico quatro, cinco ou seis meses, mas nunca fiquei aqui por mais de seis meses, pois sei que esse é o máximo permitido.

— A senhora faz o que no Brasil? Trabalha? É aposentada?

— Sou aposentada e vivo com meu filho. Meu marido já é falecido.

— Sinto muito – lamentou a agente. – Por que seu filho não acompanhou a senhora nessa viagem?

— Ah, porque ele não tem como pagar pela passagem. Está desempregado no momento, sabe. A vida no meu país está bem difícil.
— Se está difícil, Sra. Ângela, como consegue comprar uma passagem aérea todos os anos? – inquiriu Têmis.
— Eu junto um dinheirinho aqui e ali e minha filha também me ajuda – explicou a passageira.
— Mas sua filha nos disse que não trabalhava. De onde ela tira esse dinheiro para ajudá-la?
— Isso eu não sei, não. Acho que o marido dela também ajuda.
— A senhora trabalha aqui no Reino Unido?
— Imagina, minha filha. Eu não falo inglês.
— Nós encontramos uma grande quantidade de esmaltes, além de um conjunto de manicure em sua mala. Por que a senhora está trazendo esses objetos em uma viagem de turismo?
— Foi como disse, eu gosto de fazer minhas unhas e aproveito e faço também as de minha filha e das amigas dela.
— Nós encontramos esse anúncio em seu Facebook. A senhora escreveu esse *post*? – perguntou Têmis, mostrando uma cópia da página pessoal que imprimira do perfil da passageira.
— Escrevi sim – confessou ela.
— A senhora sabe que, como turista, não tem

permissão de trabalho, não é? Todos os anos que vem ao país, nós carimbamos seu passaporte como visitante e nesse carimbo constam as informações de que o trabalho e a solicitação de benefícios são proibidos. Infelizmente, sua entrada será recusada nessa ocasião, Dona Ângela. Lamentamos muito. Avisaremos a sua filha que a senhora retornará para seu país de origem no próximo voo.

— Mas... eu não poderei ver minha neta?

— Infelizmente, não – respondeu Têmis.

— Mas nunca mais poderei voltar? – perguntou a passageira.

— Se suas circunstâncias mudarem, a senhora poderá solicitar um visto de turista no Brasil – explicou a oficial. – Se entendeu tudo, por favor, assine aqui, ao final do registro desta entrevista.

Os oficiais deixaram a área de detenção e foram em direção ao escritório para, mais uma vez, organizarem a remoção de outro passageiro. Têmis pensou que os dias se tornariam mais fáceis, mas aquela recusa a entristecera muito. Ficou pensando nos momentos entre avó e neta que acabara de arruinar. No abraço que aquela mãe jamais daria em sua filha. Ficou pensando na possibilidade de alguma coisa acontecer àquela senhora e essa teria sido a última oportunidade de um encontro em família.

— Têmis, você está se saindo muito bem! – disse Balder, tentando animá-la. – Você viu como conduziu a entrevista com confiança? Você está pronta para desempenhar seu trabalho sozinha. Seu estágio supervisionado termina no final da semana.

— Obrigada, Balder, mas eu não consigo parar de pensar na família dela – lamentou Têmis.

— Eu sei, Têmis, mas ninguém disse que este trabalho seria fácil. Infelizmente, ele precisa ser feito e você está desempenhando sua função muito bem. Agora, vamos correr, pois o voo de volta ao Brasil sai daqui a duas horas e temos muito a fazer.

— Está bem, você está certo, Balder.

Têmis se apressou, pois não queria perder o próximo ônibus de funcionários que a levaria ao estacionamento. Queria logo pegar a estrada antes de o trânsito começar a ficar intenso na M25. Retirou sua bolsa do armário e correu para o ponto de ônibus com Balder. Chegava ao fim mais um dia de trabalho. Era a carreira perfeita para quem não gostava de rotina. Não existia um dia como o outro. Nunca se sabia que história seria contada pelo próximo passageiro que aterrissaria nas mesas dos oficiais, mas era preciso que estivessem preparados para isso. Afinal, como dizia Balder, o ônus da prova da inocência estava com os passageiros. Em direito criminal, o Estado teria que provar, sem sombra de dúvidas, a culpa do réu. No serviço de imigração, segundo Balder, todos os passageiros eram mentirosos até que provassem o contrário.

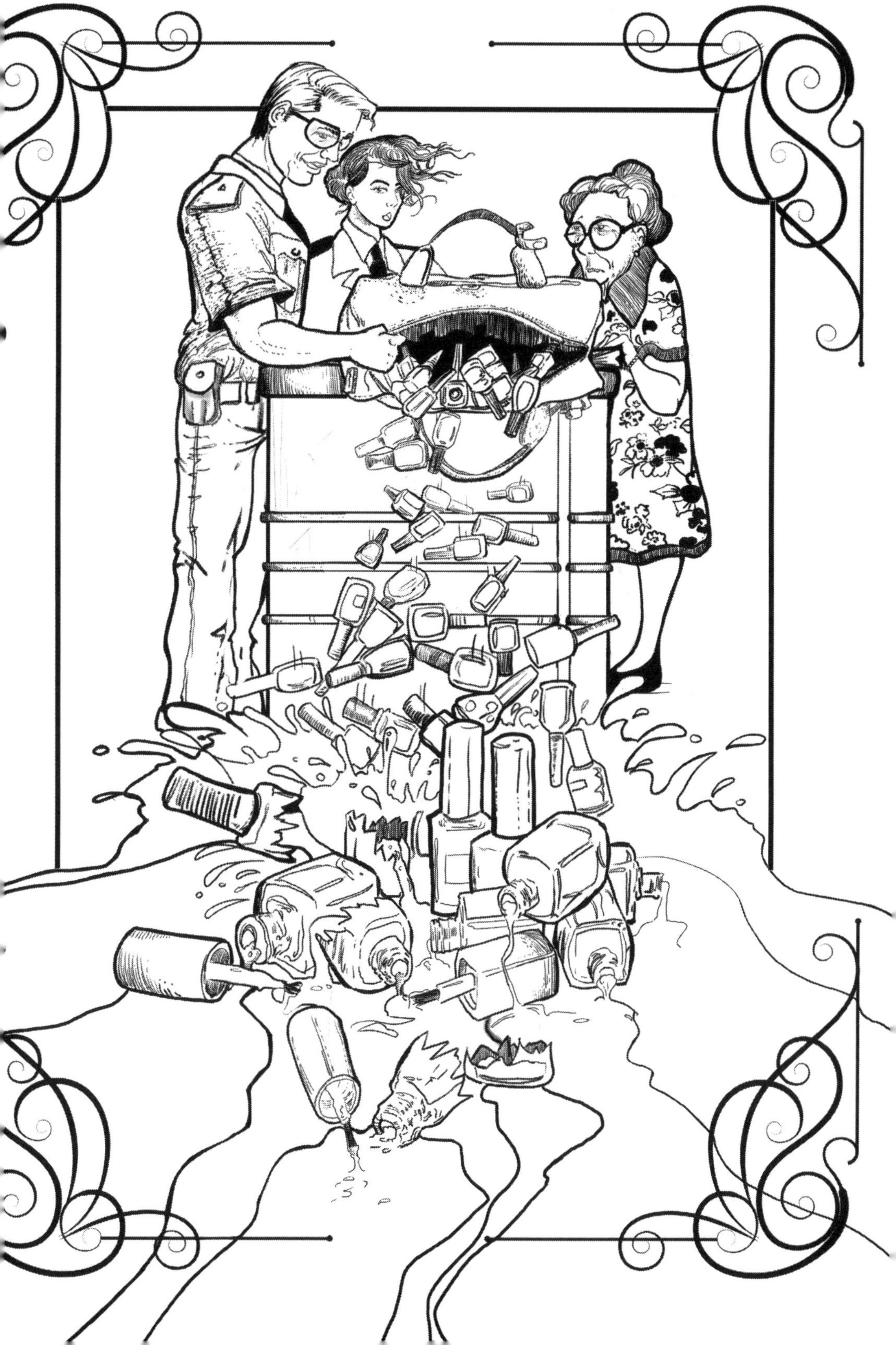

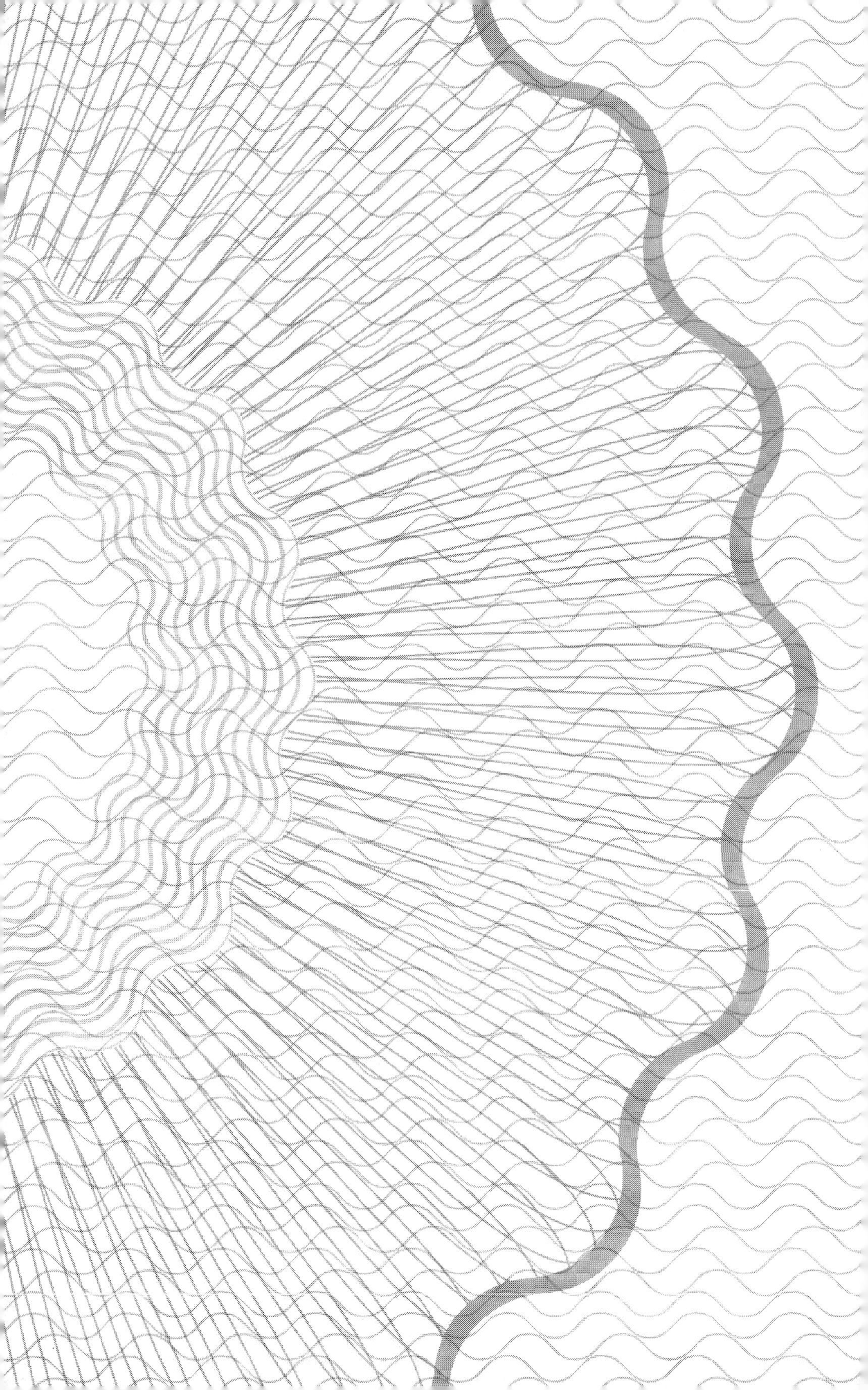

CAPÍTULO 3

O Rei do Cangaço

2h22. Têmis olhava fixamente para o relógio. Alguma coisa a incomodava mais do que nas outras noites que passara em claro. Algo estava estranho, não sabia bem o que era. Havia saído do terminal às pressas no plantão anterior. Ainda pensava na senhora manicure a quem impediu de ver a neta em razão do cumprimento de seu dever. Decidiu se arrumar mais cedo e fazer sua maquiagem em casa, em vez de fazê-la no estacionamento do aeroporto. Gostava de ficar lá, dentro do carro, de onde sentia o cheiro do combustível de aviação. Os aviões estavam em aproximação final, quase pousando, quando sobrevoavam os carros dos funcionários. Às vezes, ficava lá assistindo àquele engarrafamento no céu, especialmente durante o verão, quando o fluxo de passageiros aumentava vertiginosamente. E o número de recusas, igualmente. Já arrumada, ela preparava sua bolsa, na qual levava algumas frutas e uma refeição pronta da Marks & Spencer. Ficou na dúvida se levava uma sobremesa também, pois um rapaz da segurança já havia encrencado com seu purê de batatas dias atrás. Insistiu que era líquido e não queria deixar passar. Somente depois de muita negociação conseguiu salvar seu almoço. Arrumou a outra bolsa, esta um pouco menor, que carregava consigo no atendimento. Nela colocava seu diário, telefone, algumas canetas e seu carimbo pessoal.

Sentiu que estava mais pesada do que de costume. Quando a abriu chegou a uma preocupante constatação: havia levado seu carimbo pessoal para casa! "E agora? Não pode ser! Como fui fazer isso? Balder me avisou tantas vezes que nosso carimbo pessoal JAMAIS deveria atravessar do 'lado ar' para o 'lado terra'! Vou enviar uma mensagem para ele."

— *Mayday, mayday, mayday.*

Não sabia se ria ou chorava. Tinha lido recentemente que a palavra-código para emergência *Mayday* fora criada por um operador de rádio do aeroporto londrino de Croydon, hoje não mais operante. Foi lá também que os britânicos foram os pioneiros na criação do controle de tráfego aéreo, assim como construíram o primeiro terminal de passageiros do mundo, justamente em Croydon, onde sua carreira no departamento de imigração teve início, do outro lado da rua, bem em frente ao shopping center, onde trabalhou em um restaurante de *fast-food*.

"Responde, Balder, responde", desesperava-se Têmis.

— Bom dia, Têmis, está tudo bem? – perguntou Balder.

— Tudo bem? Balder, aconteceu uma tragédia!

— O que foi, Têmis? Seja o que for, nós podemos resolver – garantiu o supervisor.

— Eu trouxe meu carimbo pessoal para casa sem

querer! Saímos do terminal às pressas ontem. E agora? Serei demitida, não é? – indagou Têmis.

— Calma, Têmis, conversamos quando você chegar ao aeroporto. Até daqui a pouco.

— Mas, mas, Balder, Balder? Ahh, ele desligou!

Rumo ao aeroporto, não conseguia pensar em mais nada que não fosse seu carimbo. "E se apitasse na segurança? E se fosse presa? E se o Mestre dos Magos virasse Vingador? Que merda! Que merda! Fodeu! Eu foderei, tu foderás, ele foderá, nós foderemos, vós fodereis, eles foderão. Sim, é isso mesmo. Eles foderão comigo!"

"Nem vou tentar passar com minha sobremesa hoje. Não posso chamar atenção. Foco, Têmis, foco", pensou, tentando não entrar em pânico. Têmis sentia-se como se estivesse trazendo contrabando para dentro do terminal.

Sapatos – passaram.

Cinto – passou.

Bolsa – passou.

"Ufa!" Passara pela segurança sem maiores problemas. Ficou imaginando se os cachorros do pessoal da alfândega dariam o alarme. "O carimbo pessoal era feito de metal, Têmis! Foco, foco."

Sentia-se como se estivesse prestes a enfrentar o diretor de uma escola primária. O Reino Unido havia sido o último país da Europa a abolir as surras como castigo nas escolas. "Será que eles a aboliram no serviço de imigração também? Quem estaria no aquário hoje?"

— Bom dia, Balder. Você tem um plano? – perguntou ela, caminhando apressadamente.

— Têmis, é muito simples – explicou ele. – Você diz a verdade e arca com as consequências ou mente e igualmente arca com as consequências. Um dos papéis do chefe de imigração de segurança do terminal é fazer verificações aleatórias nos armários dos funcionários. Tirar o carimbo de dentro do terminal é considerado uma falta grave, mas você ainda está em treinamento, então, eu não me preocuparia tanto assim. Eu acabei de verificar meu armário e parece que não houve nenhuma inspeção ontem à noite. Depende mesmo de você.

— Bem, Balder, prefiro falar a verdade. Não gosto da ideia de mentir. Não quero me sentir como os passageiros que mandamos embora – refletiu Têmis. E continuando, perguntou: – Quem está no aquário?

— Ian Gélos, que também é um chefe de imigração de segurança – respondeu ele.

Chegando ao aquário, Têmis se dirigiu ao chefe de plantão. Balder parou na entrada da sala e fitou Têmis à distância.

— Bom dia, Sr. Gélos, tenho uma coisa muito grave para confessar – disse Têmis.

Por trás dela, Balder ria sem que ela notasse. Ela estava realmente com medo.

— É que eu levei meu amiguinho para casa ontem – disse Têmis.

— Que amiguinho, Têmis? Balder? – perguntou o chefe, já achando engraçado.

— Não, meu carimbo pessoal. Foi um acidente.

O chefe e Balder não aguentaram e começaram a rir de Têmis.

— Onde está a régua? – perguntou Têmis estendendo a mão.

— Vocês dois, saiam da minha frente – disse o Sr. Gélos depois de dar uma gargalhada. – Que isso não se repita, Têmis, pois terei que pedir para você escrever mil vezes a frase: "Não é permitido levar meu carimbo pessoal para casa". Entendeu?

— Sim, claro – respondeu Têmis, e os dois saíram do aquário.

— Você teve sorte, Ian é muito despreocupado e acha graça de tudo – comentou Balder.

— Essa foi por pouco! – disse Têmis, agora aliviada.

A área de controle de imigração já estava cheia de passageiros. Todos os assentos no controle da área central já haviam sido ocupados por oficiais. Têmis e Balder se dirigiram ao controle de europeus, onde ela poderia atender sozinha. Balder se sentou em outra posição, não muito afastado de Têmis. As filas já eram longas, mas ela pôde ver de longe um passageiro que chamava atenção em comparação aos demais daquele voo proveniente de Portugal. O homem usava um chapéu de couro com botas da mesma cor. Carregava uma bolsa pendurada de forma que atravessava o peito. "Faltava apenas a peixeira para completar o figurino de um cangaceiro" – pensou Têmis.

— Passaporte, por favor. De onde o senhor acabou de viajar? – perguntou a oficial.
— De Lisboa, num sabe? – respondeu o homem, com um sotaque típico do Nordeste brasileiro.

Têmis examinou a identidade portuguesa apresentada pelo passageiro e, já ao primeiro contato, sentiu que o documento exibia certos aspectos que não condiziam com uma carteira genuína. Parecia mais pesada. Ela verificou os detalhes embaixo de uma luz UV e percebeu sinais da presença de cola. Quando qualquer tipo de adesivo é utilizado em documentos de viagem, como em situações de substituição da foto do portador, por exemplo, a área afetada sobressai com uma cor contrastante que fica visível quando exposta a essa luz.

— E onde o senhor nasceu?

— Em "Lissbooa".

— Ok, então cante o hino nacional português, por favor – pediu Têmis, inusitadamente.

— É... Humm.

— Ok, segunda chance: qual a cor da bandeira portuguesa?

— Mas... é... Como assim?

"Nossa, mas ele não se deu nem ao trabalho de estudar um pouquinho, ou ensaiar o que iria dizer." Não que isso fizesse diferença, após a burrada de apresentar um documento adulterado em um dos aeroportos mais movimentados do mundo e com os oficiais mais experientes também. Afinal, passavam por ali em torno de 80 milhões de passageiros por ano, dos quais 94% chegavam em voos internacionais. Era difícil um oficial de imigração se deparar com um passaporte que nunca tinha visto antes.

— Fale logo de que jagunço você comprou este documento?!

— De ninguém. Essa identidade é minha.

— Balder, por favor, chame um oficial especialista em falsificação de documentos para dar uma olhadinha nesta identidade – pediu Têmis.

Ela emitiu o documento IS81 e entregou ao passageiro, levando-o para a frigideira logo em seguida.

— Então, você identificou seu primeiro documento falsificado, Têmis. Estou orgulhoso de você

– disse Balder. – Como desconfiou que o documento era falso?

— Balder, eu já sabia que havia alguma coisa errada com esse passageiro, antes mesmo de ele se apresentar em minha mesa. Ele destoava dos demais. Sabe aquela cena de *O Exterminador do Futuro* em que o Arnold olha as roupas de um homem e verifica se cabem nele? Cada parte do corpo é assinalada e depois o resultado vem como positivo? Foi assim. Parecia até você quando viu aquele passageiro preenchendo o cartão de chegada.

— Exatamente, Têmis! – concordou Balder. – Muitas vezes não é nada óbvio, você tem aquela sensação de que algo está errado, mas não sabe exatamente o que é. Pode ser alguma coisa que o passageiro disse, a maneira com a qual se vestia, como se apresentou ao oficial, a linguagem do corpo, os sinais são inúmeros. Um homem de negócios usa terno e gravata como uma segunda pele. Ele tem o costume de se vestir assim. É natural. Nós recebemos diversos estudantes de países variados, mas alguns deles simplesmente querem se vestir de uma forma que não combina com o propósito da viagem. Chegam com mala do espião 007, usando terno e calçando um sapato social sem meia. Esses vão para a frigideira sem escalas!

— E você nem fala com eles antes? – perguntou Têmis.

— Perda de tempo. Eles têm uma carta de aceitação para estudar um mestrado em Robótica, mas não falam uma palavra em inglês. Só conseguem falar "Sim, senhor", "Sim, madame" – respondeu Balder, tentando imitar o sotaque dos passageiros.

— Bom, pelo menos ficarei de bem com o chefe agora, depois do começo não muito promissor no plantão de hoje – disse Têmis.

Após passarem o caso para o chefe no aquário e escreverem os dados do passageiro no cadastro de pessoas sob investigação, Têmis e Balder o conduziram à área de bagagens.

— Quantas malas o senhor trouxe?

— Apenas uma.

Assim que abriram a mala, verificaram que o passageiro trazia apenas uma pequena quantidade de roupas, suficiente somente para poucos dias. Têmis tirou tudo o que estava na mala e fez uma análise detalhada do conteúdo. Havia um bolso quase secreto no fundo. Ao abri-lo, acharam outro passaporte: Severino Auxêncio – Local de nascimento: Lagoa Grande – Pernambuco.

— Afinal de contas, o senhor não nasceu em Lisboa, não é mesmo?

— Não, senhora.

— Balder, o passageiro havia me dito, na entrevista inicial, que tinha nascido em Portugal, mas, na verdade, nasceu no Brasil.

— O senhor já esteve no Reino Unido? – indagou a agente.

— Não, é minha primeira vez na Europa.

Têmis verificou a carteira de Severino. Uma rápida inspeção revelou duas notas de £ 20, um cartão Oyster e um cartão de banco que havia sido emitido no Reino Unido, há três anos.

— De quem é esse cartão Oyster? – perguntou Têmis. – Se nunca esteve aqui, como possui um cartão do sistema de transporte público londrino? E como abriu uma conta bancária? O senhor precisará nos explicar muitas coisas.

Esse interrogatório a fez lembrar da cena na sala de controle do supermercado onde trabalhou. Era seu segundo emprego no Reino Unido, logo após sua saída do *fast-food* no shopping. Não poderia se dar ao luxo de não trabalhar e logo na esquina de sua casa existiam vagas abertas para caixa de mercado. Candidatou-se a uma delas e logo em seguida começou a trabalhar. Era um emprego que não exigia maiores esforços cognitivos de sua parte e conseguia praticar o inglês que tanto precisava, pelo menos era o que pensava. Havia colocado essas limitações sobre si. Achava que precisava falar como uma britânica antes de se candidatar a um emprego mais sofisticado. Assim que chegou ao país, ligou a televisão e percebeu que entendia as notícias na BBC, mas um belo dia aventurou-se e tentou assistir a um programa de entrevistas de um comediante irlandês chamado Graham Norton e, para seu desespero, não conseguiu entender nada: nem a língua e muito menos as piadas.

Pelo menos ficava sabendo de todas as promoções do supermercado e sempre levava para casa os produtos das ofertas de última hora que ofereciam mercadorias vencendo naquele dia. Além disso, como funcionária, tinha um cartão de descontos que facilitava sua vida. *Every little helps* – todo pouquinho ajuda – era o lema de um outro supermercado. Em um dia comum de trabalho como os demais, Têmis atendeu a uma velhinha muito simpática. Já a tinha visto fazendo compras anteriormente, mas ela nunca havia passado pelo seu caixa.

— Bom dia, querida, como você está? – perguntou a senhora.

— Estou muito bem, obrigada. E a senhora? Gostaria de ajuda para empacotar suas compras?

— Sim, claro. Muito obrigada pela gentileza – respondeu a cliente. – Olha, você já provou essa balinha de creme com morango? – perguntou a idosa.

— Não, ainda não – respondeu Têmis enquanto escaneava suas compras. "Ela adorava doces. Trazia o carrinho cheio de guloseimas. Talvez não devesse comer tanto açúcar nessa idade, mas parecia feliz e era isso o que importava", concluiu a caixa.
— Então, por favor, aceite uma para provar. Você não irá se arrepender.
— Mas, senhora, não precisa, eu agradeço. Depois eu comprarei um pacotinho para provar.
— Não, não, não, você precisa provar – insistiu a senhora.
— Está bem – aceitou Têmis, colocando uma balinha na boca e jogando o papel na lixeirinha que ficava embaixo de seu caixa. – Nossa, mas não é que a senhora tem toda razão. A balinha é uma delícia. Vou certamente comprar um pacotinho.

Logo depois que a cliente fez o pagamento de suas compras, uma outra logo estacionou seu carrinho de compras e, sem aviso prévio, começou a colocar todos os produtos rapidamente na esteira. Têmis não quis perder o papelzinho da bala e se abaixou correndo para recolhê-lo de volta da lixeira, colocando-o em sua bolsinha de plástico transparente, onde também guardava os códigos de alguns produtos que eram vendidos a varejo. Fizera tudo aquilo rapidamente a fim de não deixar as compras da cliente se acumularem em seu caixa. Começou, então, a passar os produtos pela máquina registradora. Quando estava quase acabando, percebeu a presença de sua chefe a qual acabara de fechar o caixa de Têmis.

— Quando acabar com essa cliente, por favor, venha conversar comigo – pediu a chefe.

— Está bem – respondeu a caixa achando estranho.

Têmis fechou sua posição. Estava no caixa de número 13, nunca esquecera desse detalhe. "Número da sorte", pensou. Caminhou em direção à supervisora que a esperava.

— Tudo bem, Têmis? Precisamos esclarecer algumas questões sobre seu atendimento. Por favor, me acompanhe à sala de reuniões no final do corredor.

"Sabia que aceitar aquela balinha poderia me causar problemas" – pensou. As duas caminharam até uma salinha. Têmis somente percebeu que se tratava da sala do circuito de TV quando abriu a porta e se deparou com o painel das câmeras que estavam instaladas pelo mercado, inclusive sobre os caixas. Na sala estavam sua chefe direta, a chefe dela, o supervisor de segurança e o gerente geral daquela filial. Têmis achou que fosse alguma espécie de treinamento, ou algo assim.

— Têmis, eu vou rodar esse VT para você e gostaria que nos explicasse o que aconteceu durante esse trecho que filmamos há pouco.

"Aposto que vai ser um zoom da minha boca chupando a bala e falando com a cliente de boca cheia" – concluiu ela. O vídeo começou com Têmis se abaixando para pegar algo embaixo do caixa e rapidamente colocando o objeto com a silhueta cor-de-rosa avermelhada dentro de sua carteira transparente.

— Você poderia nos explicar o que aconteceu ali?

Por alguns segundos não entendeu o que estava acontecendo bem diante de seus olhos. Acusavam-na claramente de ter pego algo que não lhe pertencia. Possivelmente dinheiro. Têmis se lembrou que a nota mais alta da libra esterlina era a de cinquenta e que se tratava de uma nota com tons de rosa e vermelho. "Será mesmo que estão achando que eu roubei dinheiro do caixa?" Têmis sentiu, como em diversas outras ocasiões, o peso do preconceito. Seria porque era imigrante, seria porque tinha sotaque ou porque exercia aquela função braçal? Ou por todos esses motivos? Sentira-se inferior, tão nada, tão sem valor. Havia saído de um cargo de monitora de qualidade que ocupava na Telerj, a então companhia telefônica do estado do Rio de Janeiro. Era universitária e concursada. Ponderou se valia a pena passar por aquilo, estando longe da família e dos amigos que tanto prezava. Sabia também que o motivo que a levara a um lugar tão longe de sua terra natal nada tinha a ver com a situação econômica de seu país. Uma pessoa havia quebrado seu coração. Seu país ficou pequeno para comportar tanta dor. A dor de um coração partido e de um plano de vida jogado pela janela. Quis estar longe, precisava esquecer, apagar o passado. Atravessara um oceano, afastando-se para sempre de sua pátria.

— Vocês acham que eu peguei dinheiro do caixa? – indagou Têmis.

Eles se entreolharam e, antes que um deles se manifestasse, Têmis continuou:

— Desculpe por desapontá-los, mas o que peguei do lixo foi um simples papel de bala. Uma cliente havia me oferecido o doce gentilmente enquanto eu a ajudava com suas compras. Não queria perder o papel e, como uma nova cliente chegou ao caixa, precisei ser rápida para não a deixar esperando. Ele está bem aqui.

Têmis, então, abriu sua bolsinha de plástico transparente e mostrou o papel de bala a todos. Nunca se sentira tão humilhada em toda sua vida, mas sabia que a situação poderia ter sido muito pior. Imaginou que caso não falasse a língua, "aí sim teria sido massacrada", pensou. Teriam certamente chamado a polícia e, até que conseguisse explicar, já teria sido levada para a delegacia. Ficou imaginando quantos imigrantes passavam por situações parecidas, tendo voz, mas ao mesmo tempo estando impossibilitados de usá-la para se defender devido à barreira da língua.

— Não estamos acusando você, Têmis. Gostaríamos apenas que nos explicasse o que aconteceu – disse o gerente de segurança.

— Imagino que se estivessem me acusando, até a polícia já teria sido convidada para a reunião também, não é mesmo? Bom, já que esclarecemos os fatos, aproveito que estão todos aqui para informá-los que hoje é meu último dia.

— Têmis, você não precisa fazer isso – disse sua gerente.

— Preciso e estou fazendo. Não quero trabalhar em um lugar onde não sou merecedora de confiança. Esvaziarei meu armário e entregarei meu uniforme e chaves.

— Mas você precisa cumprir o aviso prévio – disse a gerente da loja.

Têmis teve vontade de ser mal-educada com ela, mas teve coragem e lhe disse que poderiam brigar no tribunal se ela estivesse tão preocupada com o tal aviso. Levantou-se da reunião e já não conseguia ouvir mais ninguém. Só queria sair dali e ir para um lugar onde pudesse chorar sem que fosse vista. Onde pudesse derramar todas as lágrimas que precisasse e onde pudesse esconder sua vergonha.

No fundo sabia que poderia muito mais, que um dia chegaria longe, mas aqueles obstáculos eram difíceis de superar estando sozinha na terra da rainha. Sentia-se frágil e parecia que ainda escutava as palavras de seu pai antes de sair do Brasil: "Você não vai durar o primeiro inverno na Europa". Precisava vencer, só existia essa opção. Colocou a máscara novamente, devolveu a chave do armário, seu crachá, o cartão de descontos e seu uniforme e nunca mais colocou os pés lá.

Embora os casos fossem distintos, posto que Têmis sabia-se inocente e o passageiro seguramente não o era, a oficial de imigração queria garantir que todos os procedimentos fossem feitos com a maior lisura e da maneira mais humana possível, sem preconceitos e com dignidade. No fundo sentia pena do pobre diabo.

Após a verificação da bagagem, Têmis e Balder acompanharam Severino até a área de detenção, onde os assistentes de plantão tiraram as impressões digitais e a foto dele. Depois que o arquivo do passageiro estava pronto e o chefe tinha sido atualizado sobre os últimos acontecimentos, a entrevista formal começou.

— É sua primeira vez no Reino Unido?
— Não, na verdade morei aqui por quatro anos, mas precisei voltar ao meu país de origem, pois minha mãe estava acamada.

— Quanto tempo ficou em seu país de origem? – perguntou Têmis.
— Acabei ficando por seis meses. Nesse tempo conheci uma pessoa e ela engravidou.
— E por que não ficou com sua namorada em seu país?
— Porque não teríamos condições de sustentar uma casa e um bebê que está prestes a nascer. Ela viria para cá depois.
— E de quem foi a ideia de fazer um documento falso?
— Uma pessoa que eu conhecia trabalhava com "documentação". Não sabia o nome dele verdadeiro, era conhecido como bandoleiro. Moça, vendi tudo que eu tinha para tentar a vida aqui.
— Sr. Severino, utilizar documentação falsa é crime e aqui dá cadeia. Na verdade, nosso chefe decidirá se o senhor será preso e precisará responder pelo crime que cometeu ou se apenas será recusado e enviado de volta ao Brasil.
— Têmis, muitas vezes o Estado opta por mandá-los de volta, pois seria mais caro para o contribuinte sustentá-los aqui. Nós só temos o trabalho de recusar esses jumentos, e a empresa aérea tem a infelicidade da companhia deles por 11 horas de voo – explicou Balder.
— Sr. Severino, o que fez aqui durante quatro anos?

— Fiz o que todos fazem, moça: trabalhei na obra e enviava dinheiro para minha mãe – disse o passageiro, não demonstrando nenhum arrependimento.

— Por que não viajou com seu passaporte verdadeiro?

— Porque fui parado aqui por um oficial de imigração na saída, antes de meu retorno ao Brasil. Ele tirou minhas digitais. Não conseguiria entrar com meu passaporte.

— Está bem, Sr. Severino. Passaremos o caso para nosso superior e assim que chegarmos a uma conclusão, entraremos em contato.

Têmis e Balder passaram suas recomendações ao chefe de plantão, que concordou em recusar o passageiro. Em seguida, ligaram para a companhia aérea que o havia trazido para reservarem seu assento de volta. Para surpresa deles, o voo de retorno daquela noite havia sido cancelado por problemas técnicos.

— Têmis, precisaremos ligar para o centro de detenção de Colnbrook para saber se eles têm vaga para nosso passageiro. Ele precisará passar a noite lá até amanhã.

— Ok, farei isso agora mesmo – disse Têmis.

– Balder, está tudo marcado – retornou Têmis.

– Já temos a escolta para levá-lo ao centro de

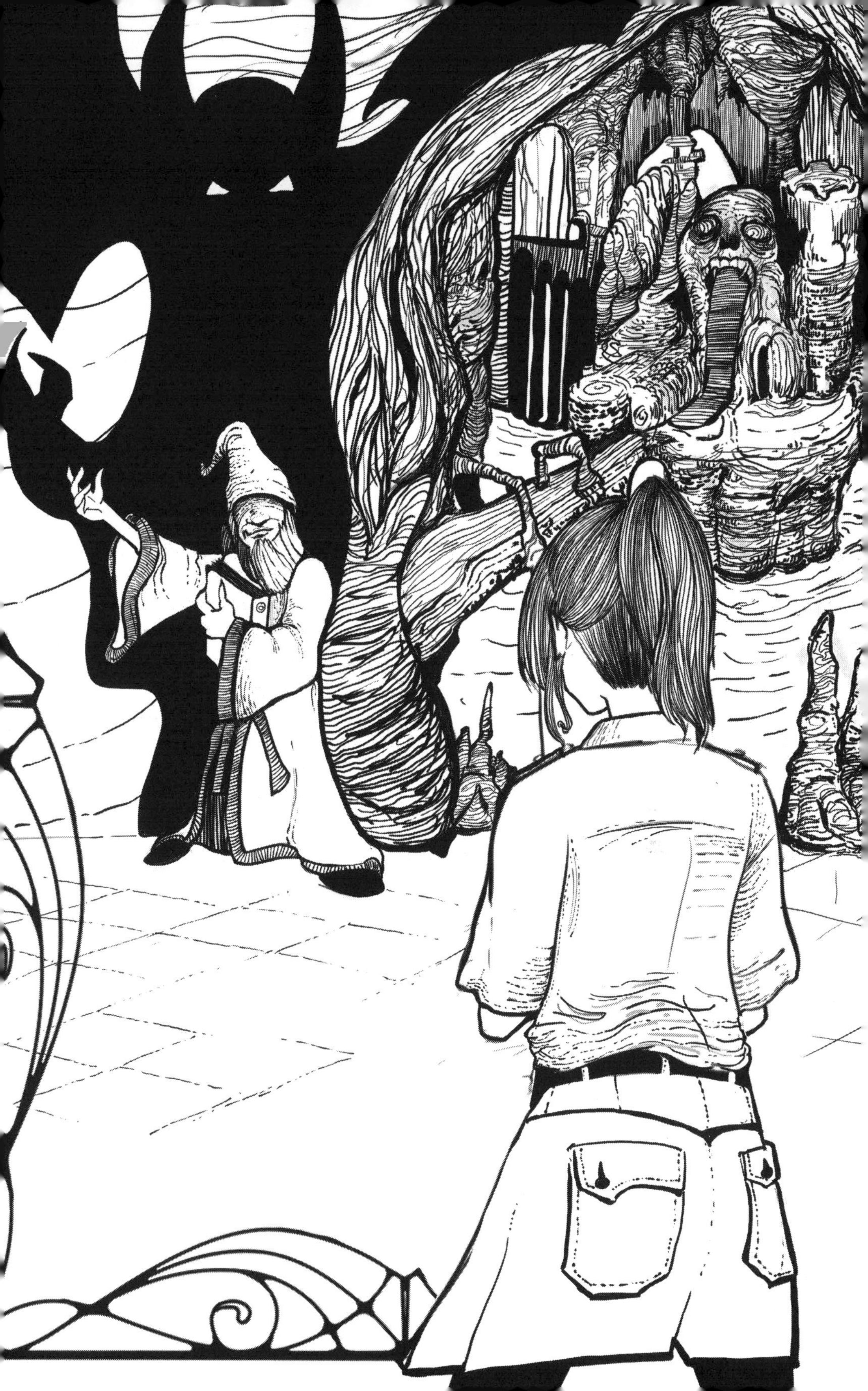

detenção e o assento marcado para amanhã no voo de volta. A escolha para trazê-lo ao aeroporto também está agendada. Chefe e passageiro informados. Falta mais alguma coisa?

— Sim, falta almoçarmos! Trabalhamos todo o plantão sem uma única folga. Vamos comer alguma coisa – convidou Balder. – Vamos ao Duty Free. Você precisa conhecer o melhor *croissant* do mundo!

Balder conhecia todos os segredos daquele aeroporto: onde comprar o melhor café, onde encontrar as melhores barganhas, o local perfeito de onde era possível ter uma ótima visão da pista e, é claro, onde o melhor *croissant* do mundo era vendido. Têmis nunca tinha ouvido falar em *croissant* de presunto com queijo e desejou que tivesse continuado sem saber. Aquele pecadinho passou a fazer parte de sua rotina, principalmente em dias estressantes como aquele. Mais um dia de trabalho chegara ao fim. Têmis sentiu que tinha cumprido seu dever. Seu passageiro pisaria em solo britânico apenas mais uma vez, a caminho do centro de detenção. Tão perto, mas ao mesmo tempo tão longe do sonho, como era a chuva para sua cidade natal de Lagoa Grande, no sertão nordestino.

△ △ △

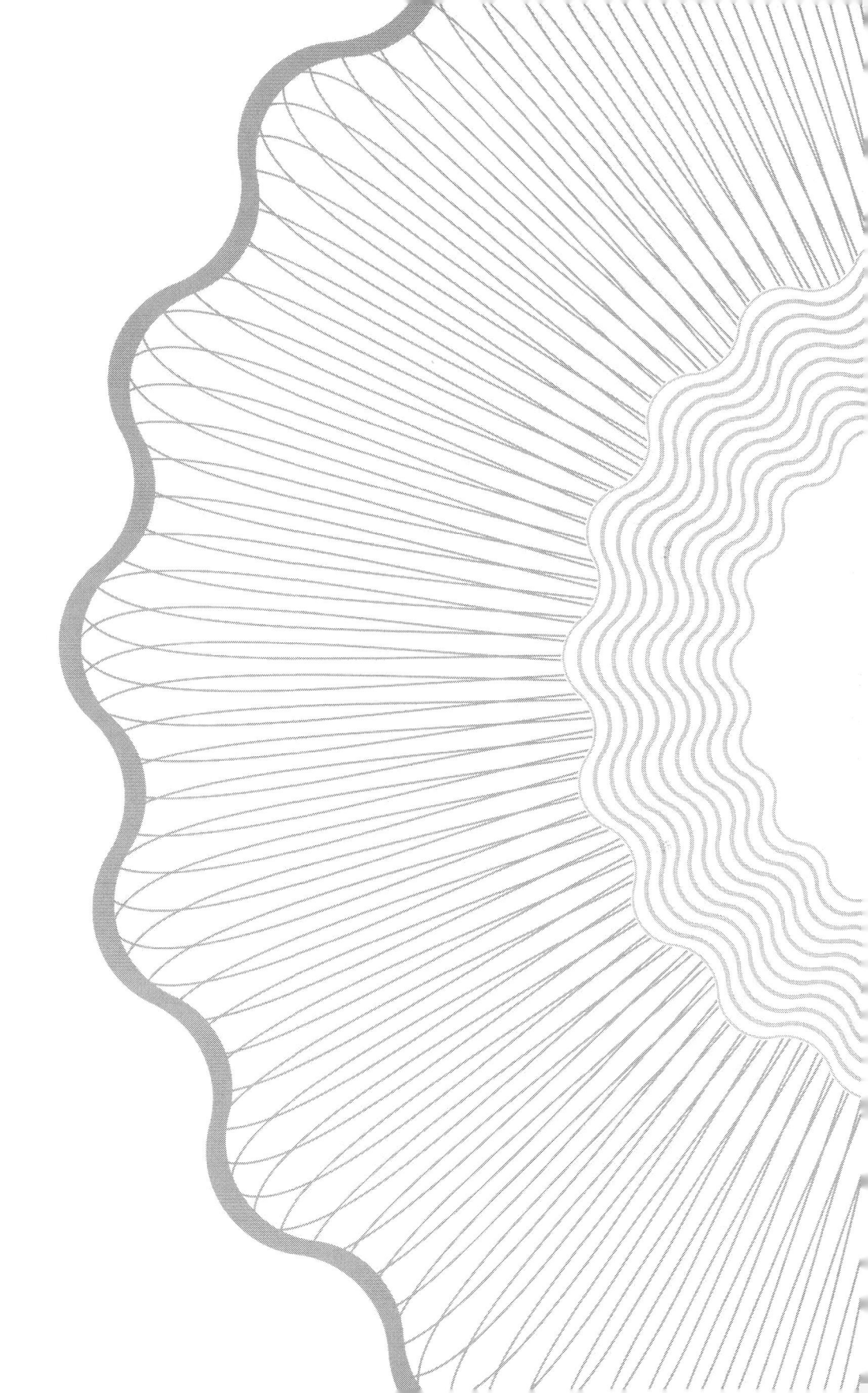

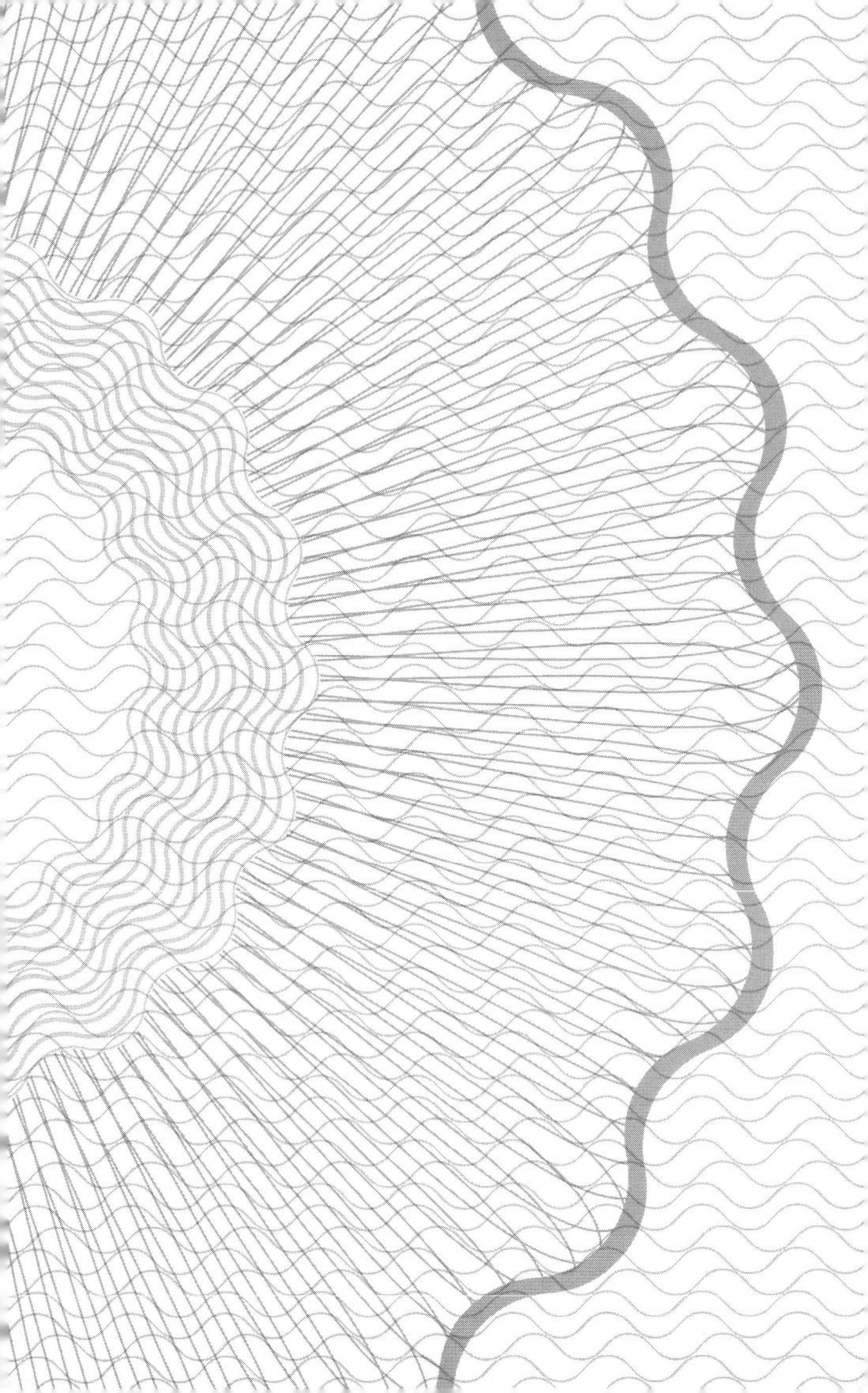

CAPÍTULO 4

O Estudante de Medicina Trilegal

"Preciso abastecer antes de pegar a estrada", pensou Têmis olhando para o medidor de combustível que já estava na reserva.

Ela morava em uma área conhecida como o Jardim da Inglaterra, famosa pelos seus belos campos cor verde-limão e pelo terceiro maior shopping center do Reino Unido, Bluewater. De vez em quando, fazia umas caminhadas pelas ruas próximas, porém as inúmeras ladeiras a desencorajavam um pouco. Gostaria de ter a oportunidade de se aventurar pela região mais vezes, mas em alguns plantões durante o dia precisava sair de casa com três horas de antecedência, por isso sempre preferia pegar os plantões em horários extremos: ou bem cedo, às 6h, terminando às 13h15, ou o último do dia, de 15h45 até às 23h. Pegou, então, uma dessas ladeiras que a conduziria ao posto de gasolina mais próximo de casa. De repente, *blackout!* O carro perdeu toda a força e o painel apagou-se.

"O que está acontecendo? Esse carro é novo. Ainda tem combustível aqui! Anda, anda, somente mais um pouquinho, carrinho."

Têmis já avistava o posto de gasolina à distância, no topo da ladeira, mas o carro foi perdendo a velocidade, perdendo o embalo, até que parou de vez. Ela só teve tempo de sair da faixa rápida e jogar o carro para a faixa lenta. Não existia acostamento naquela ladeira. Tentou reiniciá-lo algumas ve[...] nada. Saiu do carro e sentou-se na grama, en[...] to procurava o telefone do resgate. Do outro lado da pista, na direção oposta, viu um carro da polícia descer a rua.

"Claro que a polícia não vai perder o precioso tempo dela comigo" – pensou Têmis.

Quando olhou para trás, avistou uma viatura policial se aproximando de onde estava.

— Olá, senhora, como podemos ajudá-la? – perguntou o policial saindo de seu veículo e olhando para o uniforme dela.

O uniforme da polícia é bem parecido com o da imigração, exceto pelo chapéu com detalhe quadriculado em preto e branco, que os oficiais de imigração não usavam.

— Parece que o carro "morreu" por falta de combustível. Cheguei cansada do plantão de ontem e decidi ir direto para casa, sem abastecer – explicou Têmis.

— Vamos dar uma olhada, onde está a chave do carro? – perguntou o homem enquanto o parceiro dele também saía do carro.

"Só falta ele tentar e o carro pegar. Aargh! Aí vão dizer que, além de mulher, também não sei reiniciar um carro!", pensava Têmis já prevendo o que eles pensariam.

Algumas pessoas passavam e paravam para olhar. Alguns carros buzinavam e seus passageiros acenavam.

— Parece que pegou, senhora! – disse o policial com um sorriso simpático. – Não se preocupe que escoltaremos você até o posto de gasolina, ok?

— Está bem, senhor, obrigada – agradeceu Têmis. "Era só o que me faltava."

Têmis entrou no carro e começou a dirigir em direção ao posto bem devagar, para que o carro não precisasse fazer muita força, pois isso exigiria mais combustível. Quando olhou pelo retrovisor, viu a viatura da polícia com as luzes azuis piscando, mas sem a sirene. Olhou para os dois patetas e viu que estavam se acabando de rir com o embaraço dela. "Ah, seus filhos de uma mãe!", pensou, com um sorriso amarelo. Chegando ao posto, resolveram entrar também e estacionaram bem atrás de Têmis. O giroflex ainda piscava.

"Provavelmente para se certificar de que eu estava segura", pensou Têmis. "Ou para me fazer passar mais vergonha ainda!"

— Acredito que não precise mais de nossa ajuda, senhora, mas caso necessite de escolta novamente, pode entrar em contato conosco que viremos rapidinho – disse um dos policiais, com uma malandragem quase carioca.

O mesmo policial aproveitou a deixa e passou para ela seu número pessoal anotado num pedacinho de papel.

— Claro, sem problemas, obrigada.

Têmis colocou o pedacinho de papel dentro do bolso da calça e abasteceu seu carro sob os olhares curiosos dos outros motoristas, dos clientes que estavam dentro da lojinha de conveniência do posto e dos abelhudos que haviam parado do outro lado da pista, mas que agora já seguiam seus rumos. "Bando de gente que não tem o que fazer, isso sim!" Pagou pelo combustível e pegou a estrada rumo ao aeroporto. Depois desse dia, passou a dirigir sempre com o tanque cheio. No caminho, pensou no policial boa-pinta que tinha passado o número do celular para ela. "Seria um relacionamento interessante, provavelmente se encontrariam uma vez por mês quando as escalas de folga coincidissem. Pelo menos nunca teriam rotina e nem tempo para brigar."

Têmis já se sentia mais confortável com seu trabalho desde que havia terminado o período em que estava sob a supervisão de Balder, mas admitia que sentia falta do supervisor impecável. Às vezes, quando calhava de estarem no mesmo plantão, trocavam figurinhas, e ela ainda pedia os conselhos dele. Estavam no verão e o terminal não tinha uma trégua, era um voo após o outro. Têmis se sentou no controle geral, e, embora não achasse a parte dos europeus tão interessante assim, lembrou que havia sido lá que tinha se deparado com seu primeiro documento falsificado. Abriu logo sua posição. Aprendera com Balder que a pior coisa que poderia existir era ser lembrada como uma oficial preguiçosa.

— Passaporte, por favor. De onde você está viajando? Viaja sozinho? Qual o motivo da viagem? – inquiriu Têmis.

As inquirições iniciais eram sempre as mesmas e depois das outras perguntas de praxe, o que viria a seguir a Deus pertencia. Dependendo da resposta do passageiro, poderia significar ir para a frigideira ou entrar no reino das libras esterlinas, das célebres cabines telefônicas vermelhas, do Big Ben e do peixe com batata frita, ou ainda, nos piores casos, ser impedido de entrar. Têmis nunca tinha entendido como um prato poderia representar tanto um país. Preferia o igualmente famoso *roast dinner,* também conhecido como *Sunday roast,* uma espécie de assado acompanhado de batatas coradas, vegetais sazonais e *Yorkshire pudding*, que é uma espécie de pão, tudo generosamente regado com um caudaloso molho de carne, ou o bem-servido sanduíche de bacon, que achava divino, o melhor do mundo; claro que agora se encontrava em competição acirrada com o *croissant* de queijo com presunto.

— Bah, comecei a viagem em Porto Alegre, mas fiz escala em São Paulo e Paris antes de chegar a Londres – respondeu o rapaz.

— E o que veio fazer aqui? – indagou Têmis.

— Turismo, meu tio me deu essa passagem de presente porque passei no vestibular para Medicina.

— É mesmo? Parabéns – acrescentou Têmis.

Ela ficou um pouco desconfiada quando o passageiro disse que tinha sido aprovado para Medicina. Estudantes que se preparam para disputar um dos vestibulares mais concorridos do país costumavam falar muito bem inglês e eram, via de regra, muito safos. O passageiro não havia entendido nada do que Têmis tinha lhe perguntado em inglês.

— E quais foram as suas matérias específicas? – perguntou Têmis.

Os oficiais não precisavam saber a resposta para todas as perguntas que faziam. O que interessava naquele contexto era a reação do passageiro mediante a pergunta. Se respondessem logo, sem delongas, provavelmente estariam falando a verdade. Se olhassem para o teto para ganhar tempo e pensar, era sinal de que algo não ia bem. E mesmo que fossem acostumados a mentir, os famosos mentirosos de carreira, uma hora tropeçariam. Para ser um bom mentiroso era necessário ter uma excelente memória. Têmis adorava assistir o programa da Judge Judy, uma juíza que tinha uma máxima fenomenal: "Se alguma coisa não faz sentido é porque provavelmente não é verdade!".

— Hã? Espe... O quê?

— Específicas – repetiu ela.

Pausa.

— Não sei o que é isso, fiz a prova e passei – respondeu o passageiro titubeando.

— Específicas são as matérias mais importantes do curso para o qual se está prestando o vestibular. E as provas dessas matérias são discursivas. No seu caso, suas específicas foram provavelmente de Física, Química e Biologia – esclareceu Têmis. – Para qual faculdade prestou o concurso? – continuou ela.

— Para a Federal do Rio Grande do Sul.

— Está bem, este é o formulário IS81. Nele, nós explicamos por que estamos parando você e os poderes que nos são conferidos para esse propósito. Eu vou precisar fazer algumas verificações e brevemente estarei de volta.

— *Bueno* – replicou o passageiro.

Têmis foi ao aquário, onde anotou os dados dele no livro de detidos e passou o resumo do que sabia, até aquele momento, ao chefe de plantão. Assim que ele autorizou que ela fizesse as averiguações, a oficial se dirigiu ao escritório e se conectou ao primeiro computador disponível. Entrou na internet e fez uma busca do edital de aprovados em Medicina para a faculdade em questão. Imprimiu todas as listas disponíveis. Verificou cuidadosamente o nome do passageiro e não conseguiu encontrá-lo em nenhuma delas. "Ele ainda foi escolher uma das universidades mais difíceis de passar para articular sua mentira. Foi como pensei, ele não fez vestibular algum!" Têmis só pensava nas palavras de Balder em seu primeiro dia de trabalho: "Todos aqui são mentirosos, até que se prove o contrário!".

— Pedro Henrique, aqui estão as listas dos aprovados no vestibular de Medicina. Como não achei seu nome, gostaria que o localizasse para mim, por favor.

— Bah, mas eu não sei por que meu nome não está na lista – disse o passageiro, sem ao menos tentar achá-lo ou sequer fingir que estava procurando.

Têmis gostava de dar corda aos passageiros. Já tinha concluído, naquele momento, que ele estava mentindo e ela gostaria de saber até onde iriam a criatividade e o autocontrole dele. Não sabia se queria apenas mostrar que tinha uma carreira promissora no país de origem, ou se por trás da mentira existia a intenção de entrar no país para outra finalidade. O principal intento era, em sua grande maioria, trabalhar. Ou encontrar alguém para ter um "relacionamento". Ou ambos. Tornar-se médico poderia ter sido um desejo que nunca conseguira realizar em sua terra natal e que ficaria, ao menos por enquanto, vivo apenas em sua imaginação. Talvez tenha premeditado toda a história que acabou de contar ao ser interrogado. Talvez tivesse dito o que veio à cabeça em cima do laço como costumam dizer no sul do Brasil.

— Por favor, me acompanhe. Iremos dar uma olhada em sua mala – informou.

Já no hall de bagagens, Pedro Henrique parecia confuso. Roía as unhas e levantava as calças de cinco em cinco minutos. "Talvez estivesse sofrendo de abstinência do chimarrão", concluiu Têmis.

— Quantas malas trouxe? – indagou ela.

— Apenas uma.

Têmis abriu a bagagem e começou a retirar algumas roupas, depois dois pares de sapato, produtos de higiene pessoal, e, por fim, um envelope pardo que chamou sua atenção, pois estava bem no fundo, quase que escondido.

— O que traz aqui nesse envelope? – perguntou Têmis.

— Apenas algumas fotos e uns papéis.

Têmis abriu o envelope e examinou cautelosamente cada item que foi encontrando: a foto de uma moça, e outra de uma senhora, um cartão em formato de coração e uma carta.

— Todos os documentos de interesse serão confiscados. Não se preocupe, pois tudo será devolvido ao final – informou-lhe.

— Mas são documentos pessoais, não quero que você leia – protestou o passageiro.

— O documento que eu dei a você depois da entrevista inicial explica que temos o poder de apreensão de qualquer documento ou pertences do passageiro sob investigação. Tudo o que é discutido entre nós é confidencial. Não ficaremos com sua documentação. Como expliquei, tudo será devolvido ao final. Você terá a oportunidade de explicar, em detalhes, os motivos que o trouxeram ao Reino Unido. Sabemos que não é turismo, não é mesmo?

O passageiro não esboçou resposta alguma. Sabia que sua mentira seria descoberta e precisava bolar alguma história bastante convincente. Estava sério e o pensamento distante.

Têmis sempre acreditou que o trabalho árduo seria, um dia, recompensado. Seu primeiro emprego público no Reino Unido foi na Receita Federal, o então Inland Revenue, hoje conhecido por HMRC

– Her Majesty's Revenue and Customs – Tesouraria e Administração Fiscal de Sua Majestade. Lá conheceu seu primeiro mentor, Michael. Lembrou-se brevemente da posição de número 13 que ocupava no mercado, seu emprego anterior, e como aquele número era, de fato, de sorte. Logo depois do episódio da sala de controle, quando esteve sob suspeita de furto, decidiu se mudar para o Jardim da Inglaterra. E logo em seguida candidatou-se ao serviço público britânico. Aquela oportunidade tinha tudo para não acontecer, "mas quando algo está escrito, não tem jeito". Têmis ficou sabendo do concurso no último dia do prazo para as inscrições, 13 de agosto de 2002. Tinha acabado de receber um daqueles jornais gratuitos que eram colocados pela caixa de correio. Ligou para a recepção do prédio da Receita Federal local, sem saber que trabalharia ali, em um futuro muito próximo, e solicitou um formulário de inscrição. A recepcionista confirmou o que já sabia: "Hoje é o último dia, senhora, mas você poderá vir aqui pegá-lo pessoalmente se desejar". Têmis saiu de casa às pressas e se apresentou na recepção, por volta das 14h30.

— A que horas vocês fecham, por favor?
— Às 17h em ponto – respondeu a recepcionista com quem havia falado mais cedo.
— Por gentileza, senhora, eu poderia usar uma das suas salas vagas para preencher meu

formulário? Eu realmente gostaria de ter a oportunidade de me candidatar a uma das vagas – pediu Têmis.

— Está bem, me acompanhe. Esta é uma das salas de entrevista do andar. Ela estará vazia pelo resto do expediente.

Em uma de suas primeiras reuniões de desenvolvimento pessoal, Michael fez um perfil detalhado de Têmis. Perguntou onde desejava trabalhar, quais eram suas ambições, suas qualificações e experiência profissional anterior. Ela respondeu que almejava trabalhar para o Home Office um dia.

— Têmis, o que a levou a escolher o Ministério do Interior? Por que deseja trabalhar para a imigração? – inquiriu Michael.

— Gosto de lidar com o público, tenho muita experiência em atendimento ao cliente. E acredito que falar uma outra língua seja um diferencial, um *plus* quando se trabalha em um aeroporto.

— E você acha que um dia trabalhará para a imigração? – continuou Michael, demonstrando interesse na nova funcionária.

— Acho que temos sempre oportunidades de correr atrás de nossos sonhos, basta trabalharmos para isso, não é?

— Você tem toda razão – concluiu o antigo mentor.

Têmis recordou-se que exatos dois anos após aquela reunião, seu mentor a aguardava ansiosamente no escritório. Quando chegou ao trabalho naquela manhã, ele correu para informá-la que era chegada a hora: o Home Office havia aberto um concurso público.

— É mesmo, Michael? – comentou uma Têmis não muito animada, embora surpresa.

Trabalhava como secretária executiva do departamento. Estava confortável na posição que ocupava e mais feliz ainda por poder ir para o trabalho de bicicleta. O setor havia pago por todo o equipamento, tranca e capacete para Têmis. A iniciativa fazia parte do programa de incentivo verde. Era um programa onde o governo liberava um financiamento para a obtenção de meio de transporte não poluente e posteriormente o funcionário pagava o valor de volta em doses homeopáticas. Era menos um automóvel nas ruas e mais um ponto para o meio ambiente. Além disso, ela mantinha-se em forma e tinha uma qualidade de vida melhor.

Entretanto, nem tudo foram flores no início. Estava treinando para ocupar o lugar de uma senhora que em breve iria se aposentar. Teve que lidar com a frustração dela, pois, no fundo, gostaria de ter treinado sua própria filha, a qual não passara no concurso público que daria a ela direito à vaga. E ela não fez questão nenhuma de esconder de Têmis a má vontade inicial, mas, aos poucos, percebeu que não era culpa dela. Era um setor pequeno, formado por duas datilógrafas, a senhora que estava prestes a deixar o serviço, o chefe do departamento, e agora, Têmis. Nos dois anos que trabalhou lá, sentia-se parte de uma pequena família. As datilógrafas, ambas já na terceira idade, gostavam de se divertir à custa de Têmis, mas sem maldade. Ao menos, Têmis não sentia que houvesse alguma intenção nesse sentido. Na ocasião, tinha pouco menos de três anos no país e seu sotaque brasileiro, verbalizando vogais onde elas não existiam, ainda era bastante notável. Notou que ao falar nas Spice Girls ouvia sempre um burburinho das duas, mas não entendia o motivo. O tempo foi passando e um belo dia, bem na época da Páscoa, fizeram uma festinha no setor. O assunto das Spice Girls ressurgiu:

— Têmis, qual o nome da banda de meninas que você gosta mesmo?

— Qual, as "Spicí Girls"?

E elas riram novamente.

— Por que acham graça quando eu falo "Spicí Girls"? – indagou Têmis.

— Nós achamos tão bonitinho, Têmis. Fale novamente. Você não percebeu ainda que existe diferença entre as palavras *spice e spicy*? – perguntaram a ela.

Somente naquele momento Têmis percebeu o erro que estava cometendo há séculos e ficou vermelha como um pimentão. Todos na sala acharam graça, até o chefe rabugento que quase nunca estava lá.

— Michael, obrigada por ter me lembrado do Home Office, eu já nem pensava mais nisso – disse Têmis.

— Pois é, mas eu nunca esqueci. Lembra que fizemos seu perfil profissional há dois anos? – perguntou o supervisor.

— Sim, lembro.

— Pois não deixarei você ficar na zona de conforto. Uma de minhas funções é a de cuidar de seu desenvolvimento pessoal. Vamos terminar de preencher o formulário, já cuidei de suas referências – disse Michael.

"Que formulário, homem de Deus?", pensou ela. Têmis não tinha muita vontade de sair da tal zona de conforto.

— Que formulário, Michael? – perguntou finalmente ela, enquanto tirava o capacete.

Não sabia se ele queria se livrar dela porque não conseguia mais lidar com sua presença ou porque pensava realmente em seu desenvolvimento pessoal. Têmis havia percebido que ele, muitas vezes, tentava disfarçar seu encantamento por ela. Estava ali sempre disposto a ajudá-la. Parecia um daqueles anjos da guarda em forma humana que caminhavam sobre a face da Terra. Antes mesmo de ela precisar de assistência, lá estava ele. Parecia que adivinhava sempre quando ela estava em apuros. Talvez estivesse tendo que lidar com vários conflitos por causa da presença dela no setor, afinal de contas, era casado. Assim, teria ajudado sua musa a progredir profissionalmente mesmo que o sucesso dela representasse seu desespero e afastamento físico.

— O formulário de candidatura a oficial de vistos. Seu sonho de trabalhar para a imigração britânica está prestes a se tornar realidade, Têmis. Você não está animada? – perguntou o supervisor.

— Sim, claro – respondeu, não querendo desapontá-lo.

"Só não sabia por que Michael estava tão certo de que conseguiria passar no concurso" pensou.

Três meses após aquele encontro e Têmis estava se despedindo do departamento. Haviam feito uma arrecadação que totalizou £ 100,00 em dinheiro e prepararam-lhe uma festa de despedida. Descobrira somente no último dia que Michael estava de férias e nunca conseguiu agradecê-lo por tudo que havia feito por ela. A cada promoção que conquistou em sua carreira a partir daquele momento, sempre se lembrava dele, e escrevia um e-mail para contar as novidades. Seus e-mails nunca foram respondidos.

Pensou muitas vezes em ligar, mas decidiu respeitar o distanciamento dele.

O arquivo do pseudoestudante de Medicina estava pronto e Têmis começou a verificar todos os itens provenientes da verificação da bagagem dele. A carta que encontrara dentro do envelope de papel pardo continha muito mais do que informações pessoais. Estava ali tudo o que Têmis precisava saber a respeito da vinda daquele passageiro a Londres:

Meu querido filho, sentirei muitas saudades suas, mas sei que está correndo atrás de seus sonhos e isso me conforta o coração. Peço a Deus que encontre um emprego bem rápido e consiga realizar todos os seus sonhos. Só peço que não se esqueça da mãe. Um grande beijo e fique com Deus. Ligue assim que puder.

Atrás de uma das fotos que encontrou estava a seguinte mensagem: "Te amo muito. Volte logo, Helena". A foto de Helena estava dentro de um cartão de coração, o qual continha declarações de amor que somente poderiam ter sido expressas por um coração que ficou apertado por não saber quando poderia ver o objeto daquele amor novamente. Têmis conduziu seu trabalho com maestria. O passageiro, mesmo que tentasse enganá-la, não teria a menor chance de êxito mediante tantas evidências contra ele. Ela conseguia sentir a frustração que tudo aquilo representaria na vida dele. Deixara tudo o que conhecia para trás: o amor de sua mãe e da namorada, o sonho de um dia ter sido chamado de doutor e as noites frias que passava tomando mate com seus amigos perto da fogueira que queimava atrás de sua casa. Sua motivação era a mesma de muitos, uma vida melhor, mesmo que distante de tudo aquilo que lhe trazia felicidade. Têmis acreditava que a mentira, a não ser que fosse usada de forma patológica, era uma ferramenta utilizada pelas pessoas em última instância. Apesar das inúmeras decepções que tinha tido com aquele trabalho, percebia que, na maioria dos casos, as pessoas tentavam absolutamente tudo em busca de uma oportunidade para mudarem suas vidas, mesmo que para isso, durante o processo, corressem o risco de ficarem despidas e sem defesa alguma. Não existia justificativa aceitável para uma mentira. Embora ela conseguisse compreender a razão, seu dever precisava ser cumprido.

— Você se sente bem, Pedro Henrique? – perguntou Têmis no início da entrevista.

— Estou um pouco atucanado – respondeu.

— E por que está confuso? Achava que seria mais fácil entrar no Reino Unido? – indagou a oficial.

— Só não sei por que resolveu pegar no meu pé.

— Esse é o trabalho da imigração, pegar no pé, não apenas no seu, mas no de qualquer passageiro que pretenda contar história para boi dormir. Aproveito para lembrá-lo de que você está sendo entrevistado formalmente. Todas as perguntas e respostas desta entrevista serão anotadas em seu arquivo. Ao final, o registro será lido pelo chefe de imigração de plantão que decidirá se sua entrada será permitida ou recusada. Lembro também que mentir para um oficial de imigração é crime e, se descobrirmos que está mentindo, terá a entrada recusada e será banido de entrar no Reino Unido por dez anos. Você entendeu?

— Sim.

— Qual o motivo de sua visita ao Reino Unido?

— Vim como turista.

— Encontrei em sua mala uma carta escrita por sua mãe. Ela dizia que desejava que encontrasse emprego rapidamente – disse Têmis, enquanto retirava a carta de dentro do arquivo. – O que me diz a respeito disso?

— É verdade. Vim para conhecer e se surgisse uma oportunidade de trabalho também trabalharia.

— E você não sabe que é proibido trabalhar aqui sem visto de trabalho? Você está me pedindo permissão para entrar no país como turista!

— Bah, mas todo mundo faz isso. Entra e vem ganhar dinheiro. Gastei três mil pilas para vir para cá. Queria pelo menos recuperar o que gastei.

— Infelizmente, não será possível, Pedro Henrique. O visto de turismo existe para possibilitar que as pessoas venham e visitem o país e ao final da visita retornem aos seus países de origem. Ele não é uma forma facilitada de entrada para as pessoas que tentam burlar o sistema. Meu trabalho é justamente impedir que isso aconteça.

Têmis prosseguiu:

— Eu recomendarei ao meu chefe que sua entrada seja recusada nesta oportunidade. Se desejar voltar ao Reino Unido, aconselho que solicite um visto de turismo caso suas circunstâncias pessoais mudem no futuro. Aqui está o envelope que apreendi inicialmente. Você retornará ao seu país no próximo voo disponível. A imigração tem o compromisso de mandá-lo ao primeiro ponto do território nacional, mesmo que não seja de onde começou sua viagem.

— Não podem me mandar para Paris? – perguntou o passageiro.

— Infelizmente, não. Enviamos as pessoas para os países onde existe a certeza de que serão aceitas. Como não possui residência na França, podemos apenas mandá-lo de volta ao seu país de origem.

— E onde busco meus direitos?

— Passageiros que tentam entrar de forma irregular no país não possuem quaisquer direitos. Se se refere aos direitos humanos poderá exercê-los em seu país de origem. Você não possui nenhum vínculo com este país, não tem família aqui e nunca havia tirado os pés do Brasil. Mais alguma dúvida que eu possa esclarecer?
— Não. Eu nunca mais venho para este lugar.
— Pois bem, se entendeu tudo, assine aqui. Tenha uma ótima viagem de volta. Se desejar comer algo, é só pedir aos guardas de plantão. Existe um telefone público na sala de detenção. Se desejar que eu passe o número para alguém da sua família, é só avisar.
— Obrigado – agradeceu Pedro Henrique inconformado.

Na saída da área de detenção, um dos guardas perguntou a Têmis se estava mandando aquele passageiro embora também. Sua fama de recusar todo mundo já tinha chegado lá. Ela respondeu com a cabeça que sim. Não sentia prazer em possuir um dos maiores números de passageiros removidos nas costas, perdendo apenas para Balder, claro. Era óbvio que, se um oficial só pegasse voos provenientes de certas localidades com a incidência alta de recusas, e se estivesse fazendo seu trabalho corretamente, teria também o número alto de recusas.

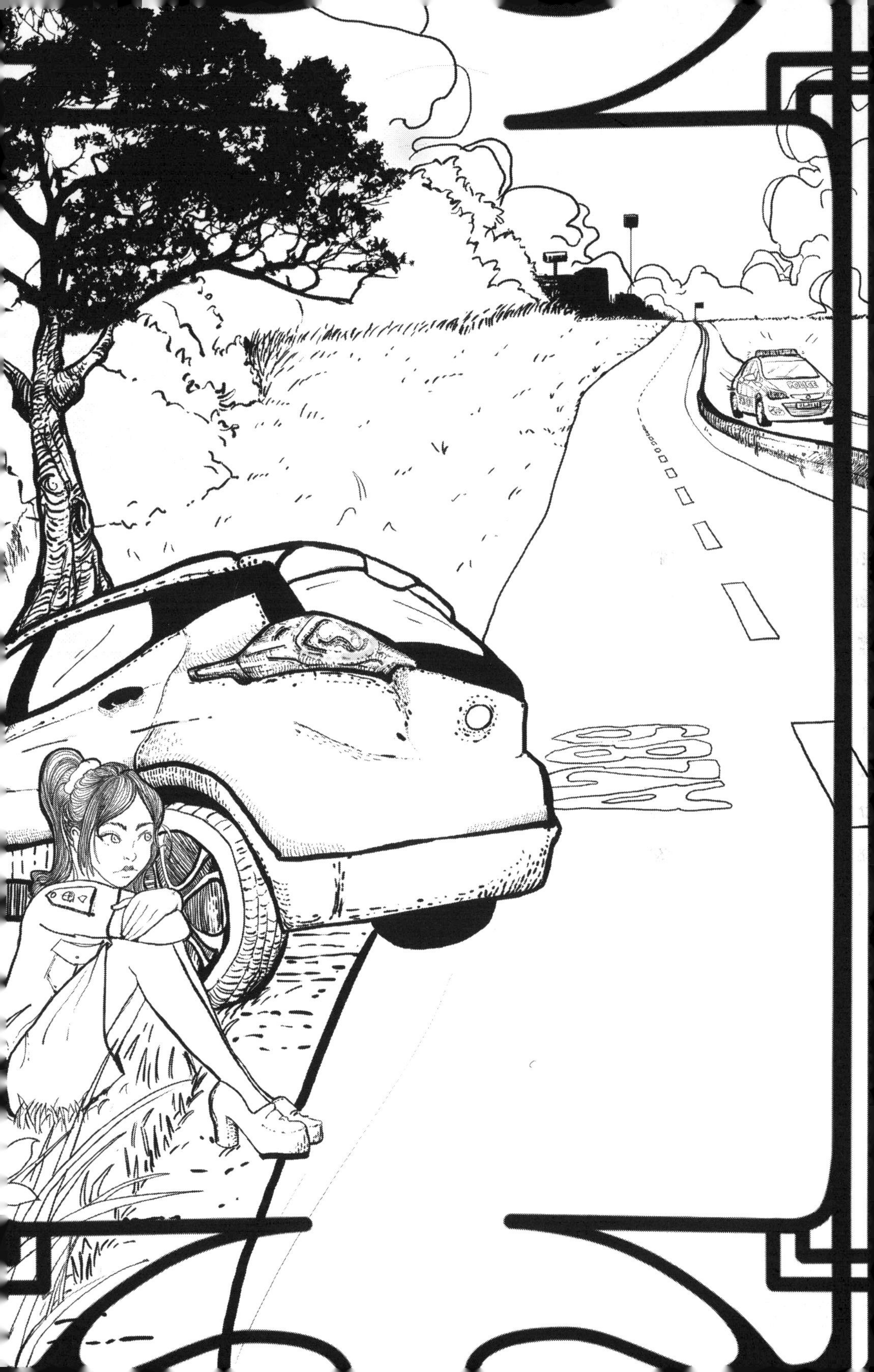
POLICE

Coincidência ou não, o departamento tinha certa preferência por escalá-la no horário das 13h45. Era justamente o horário que o voo da companhia brasileira chegava.

Aliviada por ter saído do terminal, resolveu parar para um café. Precisava despertar um pouco para pegar a estrada. "A adrenalina deixa de percorrer o corpo assim que saímos de cena e removemos as insígnias do uniforme. Parece que voltamos a ser humanos novamente, sem superpoderes. Com grandes poderes vêm grandes responsabilidades", pensou Têmis. Acabava de mudar o curso da vida de mais uma pessoa, que, embora devidamente impedida de entrar, acabava de deixar suas digitais sobre ela.

Estacionou o carro na porta de casa, o que era, por si só, um milagre àquela hora da noite. Ao abrir o portão, surpreendeu-se com uma rosa vermelha que estava presa à maçaneta. "Foi muito bom ter te conhecido. Matt."

Ao entrar em casa, colocou logo seu uniforme na máquina de lavar, tomou um banho e foi para cama. Colocou a rosa sobre a cabeceira e adormeceu.

△ △ △

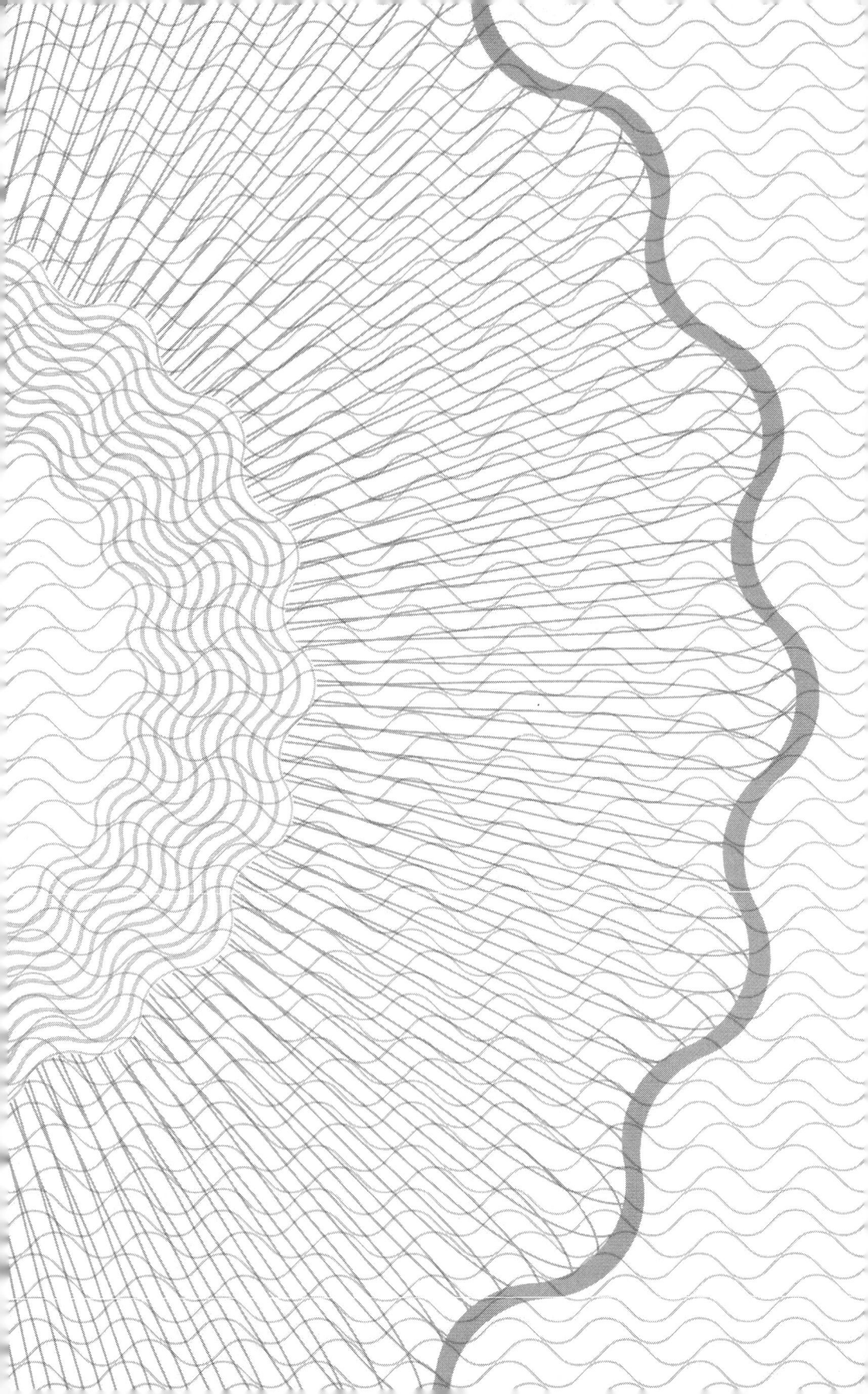

CAPÍTULO 5

A Roleta Russa

"Droga! Droga!"

Têmis pulou da cama e correu em direção à máquina de lavar. O relógio da sala marcava exatamente 2h22.

"Ah, não, a calça do meu uniforme está cheia de pedacinhos de papel!"

Têmis percebeu que o telefone do policial boa-pinta, o qual na noite anterior descobrira se chamar Matt, tinha virado pó. Com a correria de sua rotina esqueceu-se de que havia colocado o recadinho no bolso e, ao chegar em casa, tudo tinha ido parar na máquina de lavar.

"Ele vai pensar que sou mal-educada por não o agradecer pela gentileza de ter me dado uma flor", pensou Têmis.

Tentou voltar a dormir em vão. Àquela altura já tinha percebido que trabalhar em horário de escala mexia muito com seu corpo, aliás com o corpo de qualquer mortal. Não era à toa que o governo pagava um bom salário e vários adicionais pelo privilégio de ter mão de obra especializada durante 24 horas por dia. Infelizmente, era um mal necessário. Passageiros chegavam por vezes às 4h30 da manhã e os voos não paravam até bem tarde, e, se estivessem atrasados, poderiam chegar depois de 1h da manhã. Se algum passageiro fosse detido, era necessário que fosse entrevistado, o que se estenderia madrugada adentro. Estudos indicavam que funcionários que trabalhavam naquelas condições desenvolviam uma série de problemas de saúde e acabavam vivendo bem menos do que aqueles que não trabalhavam em regime de plantão.

Chegando ao aeroporto, deu sua paradinha costumeira no café italiano que ficava no desembarque, bem pertinho da área de segurança utilizada pelos funcionários do terminal. O atendente já sabia que Têmis sempre tomava um cafezinho preto com um misto-quente. Às vezes também comprava um minipanetone de chocolate para comer mais tarde, se tivesse tempo, ou na volta para casa. Gostava da ideia de não ter que esperar até o Natal para degustar aquela gostosura.

Já em seu assento, abriu o portãozinho de sua posição e estava pronta para mais um dia de ação quando escutou os gritos de uma mulher que dizia para a filha não correr. A área de desembarque estava praticamente vazia quando Têmis avistou uma garotinha com cachinhos de ouro correndo enquanto carregava um ursão quase do tamanho dela.

— Aonde a senhorita pensa que vai? Por aqui você só passa depois que me mostrar seu passaporte e o dele também – disse Têmis agachada obstruindo a saída, apontando para o urso de pelúcia.

Os passageiros que estavam na fila começaram a rir da situação.

— Não tem problema, moça – respondeu a menininha.

A mãe da criança já se aproximava segurando três passaportes: o dela, o da filha e o do urso.

— Seu ursinho tem passaporte? – indagou a oficial surpresa.

— Tem sim e ele tem um montão de carimbos – respondeu a menininha segurando o bichinho de estimação orgulhosamente.

Têmis examinou o passaporte e se surpreendeu com o histórico de viagens dele. Certamente não poderia contestar que era, de fato, um visitante genuíno. Tinha uma coleção de carimbos de fazer inveja, era muito mais viajado do que muitos visitantes de araque que já haviam passado pela sua mesa. Têmis carimbou os passaportes devolvendo o do ursinho para a criança.

— Muito obrigada, ele ainda não tinha um desses – agradeceu a garotinha dando a mão para a mãe, que agora segurava o bichinho.

— Passaporte, por favor – disse ao próximo passageiro.

Um rapaz se aproximou da mesa e entregou seu documento a Têmis.

— Bom dia. De onde acabou de viajar? Viaja sozinho? – indagou a agente.

— Do Brasil.

— E onde você fez escala? – perguntou Têmis. – Não temos voos diretos do Brasil neste terminal a essa hora da manhã.

— E isso faz diferença? – perguntou o rapaz com um tom arrogante.

— Faz sim – retrucou a oficial.

Os oficiais prestavam muita atenção na movimentação dos passageiros, pois, dependendo de onde transitavam e por quantos países tivessem passado, poderia ser um indício de tráfico de drogas, ou colocavam em prática uma tática muito utilizada por eles para tentar enganar a imigração. Era notório que os passageiros que tentavam se passar por turistas genuínos comprassem pacotes de turismo que possuíssem escalas rápidas por vários países europeus. O objetivo disso era construir uma falsa impressão de que eles tinham dinheiro para fazer um tour pela Europa. Esses passageiros, muitas vezes, nem conheciam aquelas localidades, dormiam em estações de trem ou aeroportos sem sequer conhecerem um ponto turístico da cidade onde estavam. Desejavam apenas construir um histórico de viagem em seus passaportes recém-emitidos e com páginas em branco. Não era raro os agentes encontrarem um visto para os Estados Unidos nos passaportes desses viajantes. O curioso era que o visto não havia sido utilizado ainda e servia apenas como enfeite no meio do documento de viagem. O pensamento do falso turista por trás disso era "se eu sou bom o suficiente para os States, também sou para o Reino Unido".

O trabalho do controle de imigração de um país é de extrema importância. Seus oficiais são muito bem treinados e estão carecas de ouvir a mesma história. Eles se tornam especialistas em relações humanas e o comportamento exibido pela espécie *pseudo passageirum* era classificado por eles de acordo com o local de nascimento e o passaporte que apresentavam. Antes mesmo de olharem os passaportes, à distância, já sabiam qual era o voo que tinha acabado de chegar ao terminal devido ao comportamento da "espécie". Bastava que avistassem homens impecavelmente vestidos, de óculos escuros e falando alto, e era certo que a Alitalia tinha acabado de descer. Sem falar, é claro, na ausência de qualquer coisa que lembrasse ordem, pois o conceito de formar uma fila era desconhecido pelos italianos. Vários grupos organizados cujos membros vestiam camisetas iguais e acompanhavam um líder segurando uma placa, e era a vez do voo da China. Rapazes com os cabelos e a pele queimados pelo sol, cheirando à vaselina e vestindo roupas com cores fluorescentes eram os australianos surfistas que chegavam a Londres, um lugar frio e predominantemente cinza.

O rapaz respondeu, demonstrando má vontade:

— Em Madri.

— Qual o propósito de sua vinda ao Reino Unido?

— Estudar e visitar.

— Onde está a carta da escola?

— Carta? Que carta? Eu não tenho carta alguma. Você sabe com quem está falando? Meu pai é delegado da Polícia Federal – disse o rapaz com um tom ameaçador.

— Quem faz as perguntas aqui sou eu. Seu papel é só respondê-las. Você não passa de um moleque mimado sustentado pelo pai, e o que ele faz no Brasil não me interessa nem um pouco. Vá se sentar na área reservada e fique lá até eu chamá-lo de volta. Estamos entendidos? – disse Têmis, já perdendo a paciência. – Espero que consiga dar uma refrescada na memória até eu chamá-lo novamente.

"Não tem jeito, alguns brasileiros saem do Brasil, mas o Brasil não sai deles."

O rapazote ficou na frigideira até que todos os passageiros passassem pela imigração.

Têmis sinalizou com a cabeça para que ele fosse até sua mesa.

— Bom dia. De onde acabou de viajar? Viaja sozinho? – indagou novamente a agente.

— Acabei de chegar do Brasil, mas fiz escala em Madri. Vim para fazer um curso rápido de inglês e conhecer um pouco.

— Quanto tempo pretende ficar aqui? Por favor, me mostre sua passagem de volta e a carta da escola de inglês.

— Aqui está meu bilhete de volta, senhora. Volto no dia 19 de outubro, então, ficarei aqui por um pouco mais de três semanas. Infelizmente, não imprimi a carta da escola, mas eu tenho uma cópia no meu celular. A senhora gostaria de ver?

— Ok, eu vou carimbar seu passaporte com um visto para um mês. Esse tempo será suficiente para você estudar e conhecer um pouco. Tudo o que conversamos ficará registrado no sistema. Isso significa que será questionado novamente quando entrar no país em futuras viagens. Considere-se uma pessoa de sorte. Se tivesse caído nas mãos de qualquer um de meus colegas – disse Têmis apontando para os oficiais que estavam próximos à sua mesa – você estaria no próximo voo de volta para o Brasil. Não se esqueça de que carteirada não funciona aqui. Tenha uma boa estadia – explicou Têmis ao devolver os documentos ao passageiro.

O rapaz não disse mais nada e desapareceu da frente de Têmis o mais rápido que pôde.

— Próximo. Passaporte, por favor – disse Têmis.

— Bom dia – disse um casal.

— De onde acabaram de chegar?

— De São Petersburgo – respondeu a mulher.

— Vieram a negócios ou a lazer?

— Ele está voltando para casa, pois mora aqui e eu estou de férias.

— De onde se conhecem? – perguntou a agente.

— Somos amigos.

A mulher desviou o olhar ao responder a última pergunta. Passou a mão direita nos cabelos, arrumando alguns fios atrás da orelha. Nesse instante, deixou à mostra um anel de brilhantes que ofuscou os olhos de Têmis, não somente pela beleza da joia, mas porque gostaria também de estar naquela posição: casada com o homem de sua vida e construindo o lar de seus sonhos. Não almejava nada mais do que um amor verdadeiro, um filho e uma casa que pudesse chamar de lar, doce lar. Percebeu que o anel brilhava muito, concluindo que era provavelmente novo. "Se acabou de se casar, por que não estava em lua de mel? E o mais importante, por que estava de férias com um amigo e não com o marido?" Como diria a juíza Judy do programa americano: "Se alguma coisa não fazia sentido é porque provavelmente não era verdade".

— E por que não tirou férias com seu marido? – indagou Têmis.

— Meu marido está trabalhando no momento.

"Recém-casada e viajando com um outro homem... Me engana que eu gosto!", concluiu. A oficial escaneou o passaporte do amigo e explicou à passageira que precisaria fazer averiguações.

— Sra. Olga, precisaremos entrevistá-la mais detalhadamente. Seu amigo tem permissão para prosseguir viagem e recolher a mala dele.

O homem se despediu e caminhou em direção às escadas rolantes que o conduziriam ao hall de bagagens.

Têmis passou os pormenores do caso ao chefe de plantão e logo depois levou a passageira ao andar inferior para poder verificar seus pertences.

— Quanto tempo ficará de férias?

— Apenas duas semanas – respondeu a passageira parecendo um pouco nervosa.

— Quantas malas trouxe?

— Duas.

Retiraram as malas da esteira e estavam pesadas como chumbo. "Espero que não estejam cheias de esmaltes", pensou Têmis ao relembrar o episódio da velhinha manicure. Meses já haviam se passado desde aquele dia. Sentia-se mais confiante e lembrou-se de que Balder havia dito a ela que apenas algumas perguntas seriam suficientes para saber se o passageiro fritaria ou não. Nunca imaginou que identificaria um passageiro mentiroso por uma simples virada de rosto, uma passada de mão nos cabelos e pelo anel que a russa estava usando no dedo anelar da mão direita. Sabia que os russos tinham o hábito de usar a aliança de casamento na mão direita. Esse costume tinha sido herdado dos romanos, que consideravam a mão esquerda um sinal de má sorte e que também indicava falta de confiança. A igreja cristã ortodoxa herdou o costume, passando, posteriormente, aos povos que formaram a Rússia. "Nada como a experiência", sorriu Têmis, sentindo-se, naquele momento, uma "rata da imigração", como Balder costumava chamá-los. O velho Balder estava certo. Sentia saudades dele. Sentia falta tanto da rabugice quanto de sua doçura. "Era uma pena que não estivesse disponível", pensou. Talvez estivesse fadada a ficar sozinha mesmo, perdera até o número de telefone de um pretendente.

Têmis começou a verificar o conteúdo da mala e pensou: "Pertences que merecem uma atenção especial e que preciso anotar em meu caderninho: algumas peças de lingerie, por sinal de ótimo gosto, e SEIS cartelas de anticoncepcional".

Já de volta ao escritório, após feita a vistoria, Têmis preparava-se para entrevistar formalmente a passageira russa. Criou um registro para ela no sistema, anexou algumas folhas extras para a entrevista e se dirigiu à sala de detenção. No caminho, foi até a área do vestiário, deixando o carimbo pessoal na segurança de seu armário. Desde o incidente em que o levara para casa, era extremamente cuidadosa com ele. Por sempre ter tido todo esse cuidado, nunca havia sido vítima das travessuras que seus colegas aprontavam. Virava e mexia, e um oficial esquecia o carimbo na mesa de atendimento. Todos eram treinados para cuidar de seus carimbos e os de seus colegas igualmente. Se um deles esquecesse o amiguinho na mesa, ele passava a ser responsabilidade do colega mais próximo que, por sua vez, tinha a obrigação de mantê-lo seguro. Isso significava levá-lo ao chefe de plantão, o que geralmente ocasionava problemas. A grande maioria preferia esconder o carimbo e fazer o colega suar o paletó enquanto procurava, sem sucesso, pelo mascote. Têmis se lembrou de uma oficial que havia colocado uma corrente presa em si, tendo uma ponta conectada ao carimbo e a outra extremidade no cinto. Já tinha caído nas mãos dos oficiais tantas vezes que não valia mais a pena se arriscar. Mesmo assim, continuava a se esquecer do objeto e, por muitas vezes, Têmis presenciara a oficial de imigração fechar sua posição e caminhar com o carimbo pendurado, ficando preso pela corrente e sendo arrastado por ela enquanto fazia um bate e volta em seu traseiro.

Entregou o arquivo da passageira aos assistentes que tirariam as impressões digitais e fariam todas as verificações de segurança. Enquanto isso, decidiu ir se sentar no refeitório e fazer um lanchinho. Infelizmente, teve o desprazer de encontrar lá um dos poucos oficiais com os quais não simpatizava muito. Têmis havia lhe dado a alcunha de "o fantasma do metrô", fazendo alusão ao personagem do filme *Ghost* que se sentia dono do metrô. O oficial, nesse caso, sentia-se o dono do pedaço.

— Olá, Têmis, tudo bem? O que você está aprontando? – perguntou.

— Por enquanto, nada – respondeu ela, sem dar muita atenção a ele.

— Estive pensando, você não mora aqui há muito tempo, não é? Não conhece muito sobre a nossa cultura. Me admira ter conseguido esse trabalho. É estranho que não tenha visto coisas como a banda Queen, por exemplo – comentou ele.

— Bom, em primeiro lugar, a banda foi formada em 1970, quando eu ainda nem era nascida. Fico feliz por ter citado esse grupo, e o mais curioso é que o vocalista, Freddie Mercury, era estrangeiro. Você naturalmente sabe que ele nasceu na Tanzânia e frequentou uma escola primária na Índia antes de se mudar para a Inglaterra com a família, não é? Que bom que você valoriza a contribuição que os estrangeiros trazem para seu país, não é mesmo? – disse Têmis com um tom irônico, lavando a alma.

– Agora, se não se importa, preciso entrevistar uma passageira.

Não era de hoje que aquele oficial jogava piadinhas preconceituosas para ela. Nunca deixou esse tipo de comentário atingi-la, pois já estava acostumada com isso depois de ter vivenciado tantas experiências negativas no passado. Precisou dar um basta naquilo e sentira-se aliviada de tê-lo colocado em seu lugar. Deixou o refeitório e se dirigiu à área da detenção que ficava adjacente. "Em boca fechada não entra mosca, já dizia meu pai", lembrou Têmis.

Assinou o controle de entrada e chegou à sala onde a passageira a aguardava.

— Olá, Sra. Olga, me chamo Têmis e gostaria de fazer algumas perguntas a respeito de sua vinda ao Reino Unido.

Têmis explicou todo o procedimento à passageira e, após ter obtido a confirmação de que ela se sentia bem para ser entrevistada, deu início ao procedimento.

— Qual o motivo de sua viagem ao Reino Unido?
— Turismo.
— Quanto tempo ficará aqui?
— Em torno de duas semanas – respondeu a mulher.
— Quando você se casou?
— Há três semanas, mas meu marido teve que ficar trabalhando.
— E por que não esperou até que seu marido entrasse de férias?
— Porque ainda vai demorar muito para ele tirar férias, ele tem um cargo de gerência.
— Parece-me muito estranho que viaje para o exterior com um amigo tendo acabado de se casar. Por que precisa de anticoncepcionais suficientes para seis meses se tem intenções de ficar aqui por aproximadamente duas semanas?
— Bem, sempre viajo prevenida – tentou justificar-se.
— Sra. Olga, seu comportamento e o que traz em sua mala me levam a acreditar que ficará aqui por um tempo superior a duas semanas. Seu visto de turismo vence no final deste mês e a senhora traz roupas para o verão e o inverno, o que também são indícios de que não está me contando a história toda. Além disso, traz anticoncepcionais suficientes para seis meses...

Quais são suas reais intenções?

— Ok, o homem que viajava comigo é meu marido. Decidimos nos casar de última hora e depois do casamento não queríamos ficar separados.

— Por que não solicitou um visto de esposa na Rússia? – indagou Têmis.

— Porque demora doze semanas para seu governo considerar o pedido, é muito tempo.

— O governo britânico coloca à disposição do cliente um serviço prioritário para vistos, poderiam ter utilizado essa opção – orientou Têmis.

— Pretendíamos solicitar o visto aqui, eu não ficaria ilegalmente.

— A lei exige que a senhora solicite o visto em seu país de residência, no seu caso, a Rússia. Não é possível entrar no país como visitante e depois trocar para um visto de família, pois seu marido, embora também nascido na Rússia, agora possui passaporte britânico.

— Mas ele tem um casal de amigos em que a esposa é francesa e deu tudo certo.

— São leis diferentes, Dona Olga. A senhora é russa e seu esposo, britânico. Como eu expliquei, a lei de imigração britânica exige que seu pedido seja feito na Rússia. Se seu esposo tem um casal de amigos e um deles é europeu, nesse caso a mulher é francesa, a lei que rege essa circunstância é outra. Os cidadãos europeus podem viajar com seus cônjuges e solicitar o visto de residência aqui no país. Existem algumas exceções que não vêm ao caso agora. Cada caso é um caso, o mais importante é que precisa regularizar sua situação em seu país de origem. Infelizmente, eu estou recusando sua entrada nesta ocasião. A senhora pediu autorização para entrar como turista, mas na verdade não veio visitar o país e sim residir aqui com seu marido. Seu visto não é válido para essa finalidade. Recomendo que solicite um visto de esposa assim que retornar ao seu país. A senhora entendeu tudo? – perguntou Têmis.

— Sim – respondeu a passageira em lágrimas.

— Eu retornarei mais tarde para informar os dados de seu voo de volta. A senhora pode ligar para seu marido utilizando o telefone público localizado na sala de espera. Não se preocupe, pois sua situação é temporária. Poderá retornar ao Reino Unido assim que estiver em posse do visto correto.

Apesar de estar fazendo seu trabalho, Têmis nunca deixou de se colocar no lugar do passageiro. Tinha empatia pelas pessoas que impedia de entrar. No caso da russa, sabia que era um afastamento temporário. Se fizesse tudo que era necessário, não teria problemas. Embora estivesse servindo ao governo britânico, nunca deixou de prestar um serviço ao cliente também. Tinha muita paciência, salvo em raras exceções. Ser paciente é uma virtude, com certeza. Afinal, os cinco anos que passara trabalhando em um dos maiores *call centers* do Brasil a ensinaram muito a respeito da arte do atendimento ao cliente. Atendia a ligações de reclamações, de solicitações de serviços e reparos de linhas telefônicas. Em muitas situações, o cliente chegava até ela cuspindo fogo pelas ventas, pois estava extremamente insatisfeito com o serviço prestado. Considerava o não cumprimento dos prazos assumidos o pior problema ocasionado pela empresa, pois prometiam a instalação de uma linha telefônica em determinada data e não cumpriam com a promessa. O assinante ficava em casa o dia inteiro esperando pelo Irla – o instalador e reparador de linhas e aparelhos. O sujeito ia até a residência e dizia ao cliente que não havia facilidade na rede que atendesse ao endereço. Às vezes, sob pressão, e uma arma na cabeça, instalava uma linha e, no processo, desligava outra. Têmis explicava tintim por tintim:

— Telemar, Têmis falando, bom dia, em que posso ajudar?

— Espero que ajude mesmo. Um funcionário de vocês veio aqui instalar meu telefone e, quando já ia saindo de fininho, consegui pegá-lo quando já descia do poste. Ele me disse que não tinha uma tal de facilidade. Não é possível que haja tanta dificuldade assim para instalar um telefone. Eu quero falar com seu supervisor!

— Senhor, eu entendo. Quando um instalador vai até sua residência, ele precisa verificar a caixinha que fica no poste. Para que a instalação de seu telefone aconteça é necessário que haja um par de fios disponíveis dentro do cabo.

— E vocês não sabem se existem pares disponíveis antes de enviarem alguém aqui e deixar a gente plantado em casa? Me passa pro seu supervisor!

— Sim, claro, já passarei, mas, primeiro, deixe-me explicar o problema para o senhor. No final, se o senhor ainda precisar falar com meu supervisor, eu passo a ligação para ele sem problemas, ok?

— Sei, sei. Toda vez que eu ligo praí fico meia hora escutando essa musiquinha irritante e vocês marcam, não aparecem ou não fazem nada...

— Senhor, como eu ia explicando, às vezes, o instalador chega ao local e quando verifica a caixinha no poste percebe que não há esse par de fios disponível. Às vezes, eles estão com defeito e nós somente conseguimos testá-los na hora da instalação. Então, não é culpa do instalador. Nesses casos, precisamos consertar a rede, instalar novos cabos e isso leva tempo. Deixe-me verificar seu registro em nosso sistema. Um momento, por favor.

— Você não vai colocar a musiquinha de novo não, né? – perguntava o assinante desconfiado.

— Não, senhor, só um momento, o sistema está fora do ar. – Depois Têmis prosseguiu: – O senhor poderia confirmar seu número de telefone? E seu nome completo, CPF e endereço? Ah, sim, o sistema está de volta, senhor. Sim, consta aqui que sua linha não foi instalada no novo endereço, pois, como eu havia informado, não havia disponibilidade desses pares, conforme eu lhe expliquei. Chamamos isso de facilidade.

— Foi o que o instalador falou.

— Pois então, é isso mesmo. Senhor, tenho uma novidade. Eu já possuo aqui seu novo número de telefone. O senhor deseja anotá-lo?

— Sim, claro. Graças a Deus, já tenho número. Que bom, minha filha, muito obrigado.

— Senhor, tenho outra novidade. O senhor está recebendo uma linha digital!

— Hã... Qual a vantagem da linha digital? Vocês não vão aumentar minha assinatura não, né?

— Não, senhor. Sua internet será mais ágil e, além

disso, poderá ter acesso a serviços especiais como o *siga-me* e a *chamada em espera*.

— Não quero saber de serviço nenhum, só quero minha linha instalada.

— Claro, mas o senhor me disse que perdeu um dia de trabalho. O serviço *siga-me* permite que o senhor direcione para qualquer telefone de sua preferência todas as chamadas feitas para seu número residencial, inclusive para outro estado. Então, se o senhor estiver esperando uma ligação importante e precisar sair de casa, nunca mais perderá uma chamada. Poderá recebê-la em seu celular onde estiver. E se trabalha como autônomo, por exemplo, e estiver recebendo vários telefonemas ao mesmo tempo, poderá colocar uma pessoa esperando para atender outra. Estamos com uma promoção imperdível. O senhor gostaria de testar gratuitamente esses serviços por um mês? Poderei adicioná-los ao seu pacote de serviços. O senhor só será cobrado a partir do segundo mês. Caso não goste do serviço, basta ligar e cancelar.

— Ah, tá bom, pode colocar na minha conta – concordou o assinante.

— Senhor, essa é a nova data de instalação de seu telefone. Posso ajudá-lo em mais alguma coisa?

— Não, minha filha, você me ajudou muito. Explicou tudo direitinho. Obrigado. Vou ficar aguardando.

— Pois não, senhor. A Telemar agradece sua ligação.

E assim Têmis atendia seus assinantes. Conseguia geralmente transformar um cliente aborrecido ou grosseiro, no início de uma ligação, em um cliente que agradecia pelo atendimento e ainda comprava serviços. O grande segredo era ter paciência. Claro que para toda regra sempre existia uma exceção. Nesse caso, a exceção tinha nome e sobrenome: Alegria Taiah. Sim, ela era o terror dos atendentes. Possuía centenas de linhas alugadas em diversos endereços e ligava diariamente para o atendimento 104. Era costumeiro xingar os atendentes. Isso geralmente acontecia, pois não era organizada e às vezes não sabia onde determinada linha estava instalada. Como os atendentes não podiam fazer alterações nos registros dos assinantes sem antes confirmarem todos os dados deles, acabavam tendo o desprazer de escutar suas malcriações. A própria Têmis já havia desligado o telefone várias vezes por ter sido alvo de seus xingamentos.

Sempre sentiu prazer em trabalhar no atendimento. Gostava de se comunicar e de ajudar o cliente, mesmo que, muitas vezes, em situações difíceis.

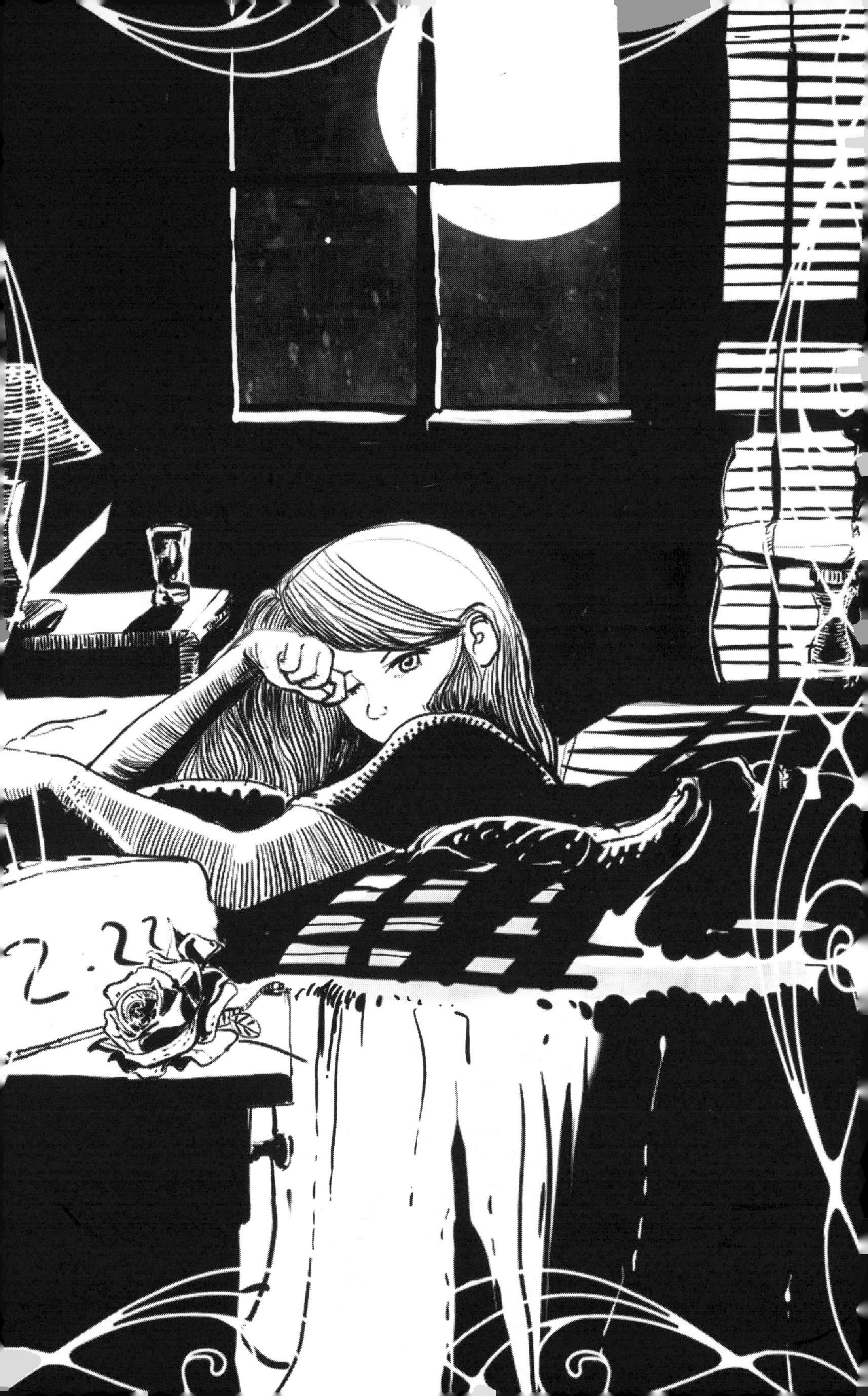

Recebeu o prêmio "Excelência Telemar" duas vezes. A empresa havia feito uma campanha por três meses consecutivos: outubro, novembro, e dezembro de 1999. Não ganhou o prêmio em novembro, pois ficou afastada por duas semanas em razão de ter se submetido a uma cirurgia. Lembrava-se com muito carinho daquela época, dos colegas de trabalho e dos gerentes. Foi muito feliz trabalhando lá, e mais feliz ainda quando recebia os generosos tickets refeição no final do mês. Os benefícios eram inúmeros até que, infelizmente, foi privatizada. Logo depois daquela época, ela deixou a empresa e mudou-se para a Inglaterra.

 Têmis já estava perto de casa e desejou encontrar um certo carro de polícia no caminho. "Quem sabe não encontraria Matt novamente?" Chegou em casa e não havia mimo algum a esperando. Era mais um dia de trabalho que chegava ao fim e, embora tivesse passado bastante tempo rodeada por muitas pessoas, era em sua casa que a realidade se apresentava nua e crua: estava só.

△ △ △

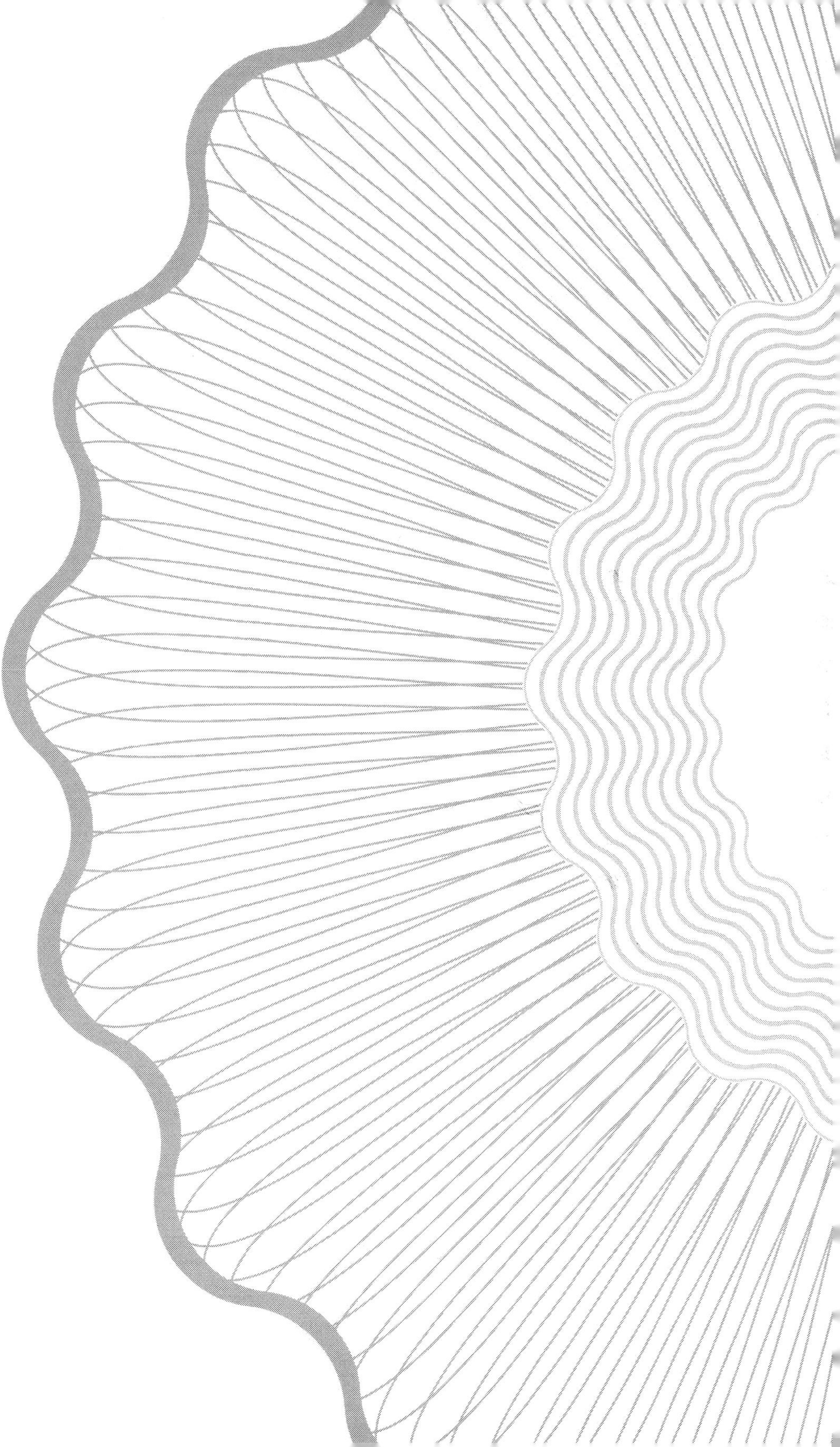

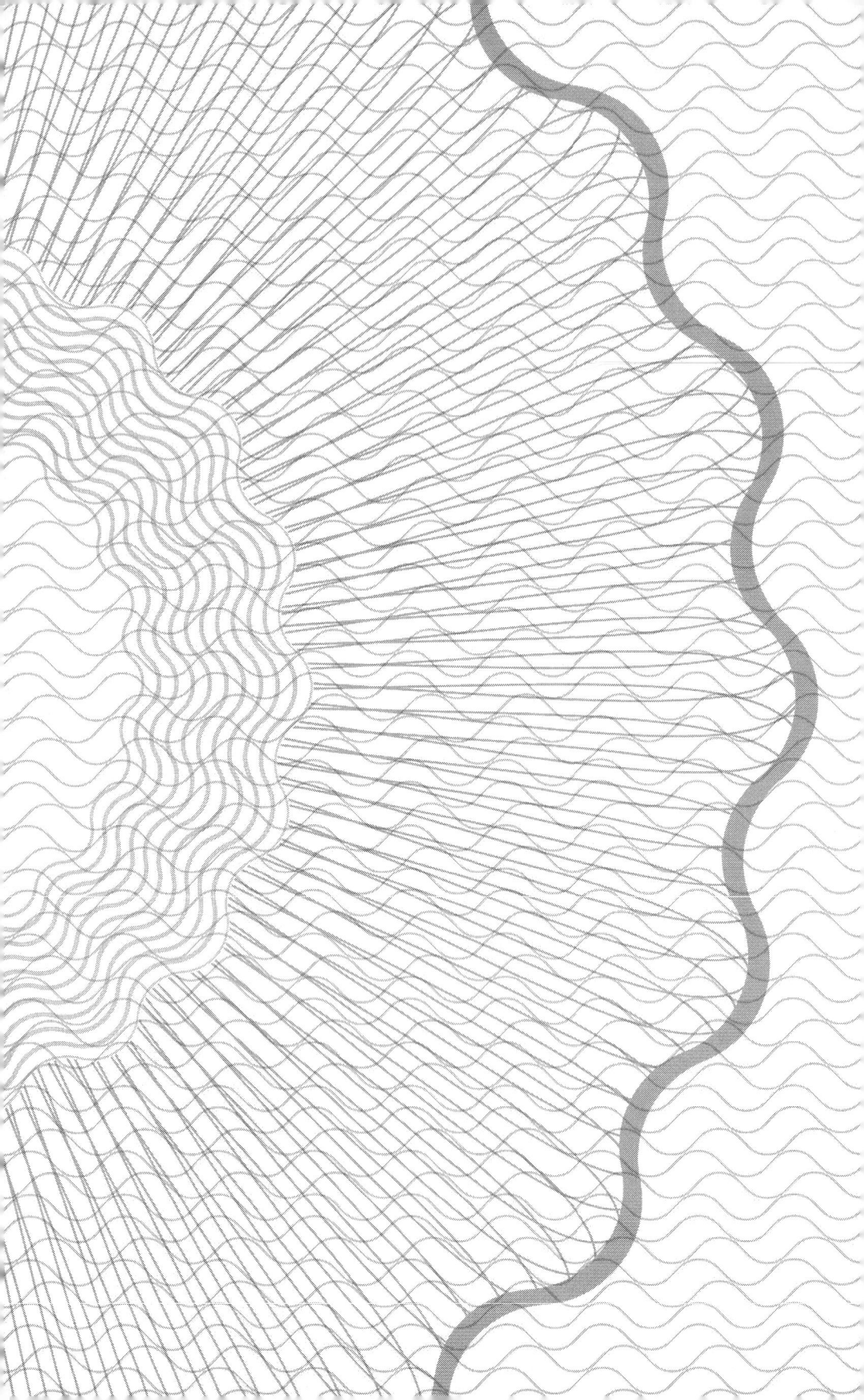

CAPÍTULO 6

O Mochileiro Americano
(O Melhor Croissant do Mundo)

Têmis não sabia se do lado de fora do aeroporto ainda era dia ou se a noite já tinha caído. O inverno havia chegado com todo seu esplendor. Os dias passaram a ser curtinhos e apenas oito horas separavam o amanhecer do anoitecer. O terminal onde trabalhava não possuía nenhuma janela na área do atendimento, fazendo com que seus funcionários ficassem completamente desnorteados. Pensou que, se ainda morasse no hemisfério sul, por aqueles dias estaria indo à praia do Leme, celebrando seu aniversário e, duas semanas depois, o Natal. O sentimento natalino que as festividades faziam aflorar nas pessoas, nessa época, não tinha a mesma importância para ela, pois sua família estava em terras distantes.

Estava sentada em seu ponto fixo desde as 14h22 e, após três horas lá, ninguém havia rendido sua posição até aquele momento. Sentia-se cansada. Queria dar o fora antes de os americanos chegarem. Precisava ir ao toalete e colocar alguma coisa no estômago.

— Olá, chefe, estou sentada nesta posição há três horas. Poderia enviar alguém para me render? Meu intervalo deveria ter sido uma hora atrás – disse Têmis, usando o telefone da mesa médica.
— Desculpe-me, Têmis. Estou com um grupo de voluntários aqui no aquário. Eles estarão em

treinamento por três semanas em nosso terminal. Balder está organizando os oficiais que ficarão supervisionando o trabalho deles. Vou procurar alguém para substituir você.

— Ok, obrigada – agradeceu Têmis, já avistando os primeiros passageiros do voo da terra do Tio Sam. "Mas por que diabos enviaram estagiários para treinamento aqui? Já não temos problemas suficientes?", resmungou Têmis.

— Olá, senhora, tudo bem? – indagou o rapaz, se dirigindo a Têmis.

"Era só o que me faltava! Mais um que acabou de sair da universidade!", pensou Têmis.

O índice de recusas de jovens americanos era surpreendentemente alto naquele terminal. Eles terminavam os estudos e decidiam viajar pelo mundo, sem rumo e sem dinheiro. Costumavam arrumar empregos informais em bares britânicos para poder custear as despesas quando ficavam sem recursos, e os pais, já fartos de terem gasto tanto com a educação dos filhos, nem atendiam mais os telefonemas de pedidos de grana. Era provável que estivessem felizes enquanto os filhos gastadores estivessem fora do alcance de suas carteiras. Têmis já sabia que estava diante de mais um exemplo que entraria para a estatística do terminal.

— Oi. Você viajou de onde? Viaja sozinho? – indagou Têmis.

— Cheguei de Nova Iorque há três meses, mas fui visitar meus pais para celebrar o Dia de Ação de Graças – respondeu ele.

— Sei... E voltou para cá por quê? Estou vendo no seu passaporte diversos carimbos de entrada no Reino Unido desde agosto. Quais são suas intenções aqui? – inquiriu Têmis, que ficava cada vez mais impaciente. Não sabia se pensava no intervalo do almoço que não teria mais, por ter que lidar com a recusa daquele passageiro, ou se calculava se chegaria ao banheiro a tempo.

— Estou tirando férias dos estudos por um ano e aproveitei para viajar pela Europa – explicou o rapaz.

Têmis sabia que esses jovens transformavam o Reino Unido, onde ganhariam mais considerando-se o valor da moeda, no país-base para seus planos. Assim que juntavam o suficiente, se aventuravam por outros países para gastar o que juntaram trabalhando ilegalmente. Tão logo o dinheiro acabasse, voltavam para cá para mais uma ou duas semanas e assim faziam por longos períodos que, por vezes, chegavam a um ano entre entradas e saídas. A lei que abrange os visitantes não permite que turistas fiquem por aqui por mais de seis meses em cada período de doze meses corridos e, além disso, proíbe o trabalho, remunerado ou não. Têmis verificou que, dentre os carimbos que ele recebeu, existia um com um alerta. Um colega já havia dito a ele que se continuasse entrando e saindo daquele jeito, uma hora dessas seria impedido de entrar.

— Está bem. Por favor, aguarde na área de espera. Preciso fazer umas averiguações – explicou Têmis.

— Tem alguma coisa errada? – perguntou o passageiro.

— Tem, sim. Em primeiro lugar, esse carimbo me diz que você já foi avisado que estava passando muito tempo aqui, correto? – indagou Têmis.

— Sim, mas eu fiquei duas semanas fora daqui...

— E em segundo lugar, se você não se incomodar, preciso fazer uma coisa que ninguém mais pode fazer por mim! Por favor, aguarde na frigi... na área de espera.

Têmis correu até o banheiro mais próximo, que ficava na área de detenção, mas para chegar até ele passaria por duas portas com um milhão de códigos de acesso. Tinham acabado de trocar os números e ela ainda não os tinha memorizado, precisando, assim, olhar as anotações que havia feito em seu diário.

"*Caspita*, onde eu anotei os códigos? Ah, tem um que é preciso apertarmos dois números ao mesmo tempo... mas quem inventou uma coisa dessas? Esse infeliz não previu que as pessoas precisariam ir ao banheiro? Ufa!", disse a oficial, aliviada por ter chegado ao banheiro a tempo.

Virava e mexia, e Têmis lembrava-se das tradições de seus ancestrais europeus, principalmente as da culinária, e, mais precisamente, das comidas que sua mãezinha preparava: porpeta servida ao molho de tomate, misturada a uma deliciosa e suculenta macarronada. As fatias de pão ficavam espalhadas pela mesa e eram ótimas para limpar o molho do prato. A massa era caseira, feita apenas com farinha e ovos. Ela não media nada, de olho mesmo fazia a melhor massa que alguém poderia degustar. Parecia até sentir o cheiro do molho de tomate borbulhando na panela, este também preparado em casa. Aos domingos, era sagrado irem à missa e comerem algum tipo de massa no almoço. A comilança era intercalada com pratos italianos e portugueses, regados a muito azeite e vinho. Lembrou que no Natal e na Páscoa sempre se deliciavam com uma bacalhoada maravilhosa.

Aos 37 anos de idade, Giovanni, seu trisavô, partira de Barco, uma cidadezinha pertencente à *Comune* de Levico Terme, na Itália, com a mulher e três filhos, todos menores de dez anos. Como Têmis, também abandonaram tudo o que conheciam na terra natal e levavam nas malas apenas um futuro incerto em terras estrangeiras.

Depois de viajarem por uma região montanhosa no norte da Itália, atravessando a Suíça e a França, chegaram ao Porto de Le Havre, localizado na foz do Rio Sena, na região da Normandia. Os vapores que partiam de lá levavam de vinte a trinta dias para atravessar a imensidão do Atlântico, rumo à terra do café. Viajavam todos abarrotados no desconforto dos porões imundos daquelas embarcações, onde muitos pereciam e tinham seus corpos lançados ao mar durante o longo e doloroso percurso. E foi no dia 17 de junho de 1875 que avistaram terra firme pela primeira vez, desembarcando em Piúma, no estado do Espírito Santo, após terem feito uma escala na então capital, Rio de Janeiro. Aqueles passageiros eram, em sua maioria, agricultores, e somente quando chegassem ao destino é que teriam conhecimento do rumo que suas vidas tomariam. Seriam direcionados a uma hospedaria de imigrantes e, em seguida, às fazendas onde trabalhariam de sol a sol até quitarem suas dívidas com o governo brasileiro, que tão "bondosamente" lhes ofertou o pagamento da passagem até o Brasil.

O pai de Têmis também ouviu o chamado de além-mar, saindo de Portugal ainda moleque, no auge de seus 17 anos. Fez a mesma travessia, também de navio, com o irmão mais velho, à época com 22 anos. O pai deles, o avô da oficial, tinha chegado ao Brasil oito anos antes dos filhos, deixando mulher e seis crianças entregues à própria sorte, com a promessa de, um dia, buscar a todos quando conseguisse ganhar o suficiente para sustentá-los. O pai de Têmis sempre contava em casa a história da sardinha assada, que era dividida entre seis crianças famintas. Os anos foram passando e o dia do resgate nunca chegou. Eis que, ao desembarcarem no Brasil, os dois irmãos bateram à porta do pai. Naquele momento, descobriram o motivo pelo qual o patriarca jamais os buscara: tinha uma nova família. Agora jogados às ruas do Rio de Janeiro, tiveram que vencer, pois para eles não havia outra opção.

Têmis relatou os pormenores do caso do mochileiro nova-iorquino ao chefe de plantão, o qual autorizou que ela fizesse mais averiguações. Enquanto ela seguia o passo a passo de sua rotina de trabalho, Balder, agora próximo ao controle de europeus, instruía um dos estagiários.

— Bem, este é o atendimento de passageiros. De um lado, temos a chegada dos viajantes que possuem passaporte europeu. Do outro, atendemos a todos os demais – explicou Balder.

— Mas como vou saber a diferença? – perguntou o novato.

— Bem, os que tiverem um passaporte vermelho são, na maioria das vezes, europeus. Olhe para o atendimento, o que você vê? – indagou Balder.

— Um monte de passageiros? – respondeu o estagiário com uma pergunta.

— Todos aqui são mentirosos até que se prove o contrário – disse Balder, utilizando o mesmo discurso que costumava usar com todos que passavam por suas mãos. – Vamos para o atendimento dos europeus. A prática torna esse trabalho perfeito – concluiu Balder.

Os dois ficaram lá por quase duas horas, o que possibilitou ao novato o manuseio de diferentes passaportes europeus.

— Esse passaporte é vermelho-vivo, não é como o *bordeaux* do passaporte da Itália – comparou o estagiário.

— Isso mesmo, ótima observação. Esse passaporte também é europeu. É o passaporte da Suíça – explicou Balder. Mas o que o trouxe aqui como voluntário? Desejou sair um pouco das ruas? – perguntou Balder.

— Sim, acredito que essa experiência no controle

de imigração acrescentará muito em meu currículo e no desenvolvimento de minha carreira.

— Balder, a Têmis parou um americano e já preparou o arquivo dele. Ela tem apenas duas horas até terminar o plantão dela, o que não será tempo suficiente para finalizar o processo. Você deseja assumir a responsabilidade pelo caso e ela ficaria em seu lugar? – perguntou o chefe, ao sair do aquário.

— Sim, claro. Onde ela está? – perguntou Balder.

— Em um dos computadores, na área próxima aos vestiários, nos fundos – respondeu o chefe.

— Estou a caminho – disse Balder, fazendo um sinal de continência de brincadeira para o chefe. Agora, olhando para o novato, perguntou: – Você prefere tomar um café enquanto espera por minha colega?

— Não, obrigado. Continuarei por aqui. Qualquer problema, eu peço socorro a alguém – brincou ele.

Balder se dirigiu ao escritório dos fundos e achou Têmis, que já se preparava para entrevistar seu passageiro.

— E então, Têmis, qual é a boa para hoje? – perguntou, sorrindo.

— Mais um daqueles estudantes que estão tirando férias da universidade para viajar pela

Europa e aproveitar para trabalhar nas horas vagas – explicou Têmis.

— Ok, o chefe me pediu para assumir o caso, se você estiver de acordo, é claro – disse Balder.

— Maravilha! Ele deve estar com dor na consciência depois de ter me deixado plantada no atendimento por três horas seguidas – comentou Têmis.

— Pode ser, mas você precisará ficar de babá do estagiário por duas horas até terminar seu plantão – avisou Balder, dando uma gargalhada.

— Está bem, onde ele está? – perguntou ela.

— Onde? Ficou lá no atendimento, disse que não queria tomar café.

— Mas, Balder, ele não começou hoje à tarde?

— Sim, mas os outros oficiais o estão auxiliando enquanto você não chega lá.

— Sem problemas, já estou a caminho. Ah, antes que eu me esqueça: achei umas anotações de horas com valores na carteira do americano. Pareciam horas trabalhadas, além de um cartãozinho de negócios com o endereço de um pub – completou Têmis.

— Obrigado, Têmis. Divirta-se – disse Balder.

Ela se dirigiu ao atendimento rapidamente e percebeu que o voo de Moscou tinha acabado de chegar. Caminhou em direção ao controle de europeus e percebeu que um homem com um passaporte russo acabara de passar pela mesa de um oficial.

— Com licença, de onde acabou de chegar? – perguntou ao passageiro.

— De Moscou – respondeu ele.

— Gostaria de verificar seu passaporte, por favor – pediu Têmis.

Quando folheou o documento de viagem não viu nenhum carimbo.

— Quem foi o idiota que deixou você passar sem biometria e carimbo? – pensou alto.

— Fui eu, o passaporte é vermelho! Balder falou que vermelho é europeu! – respondeu o estagiário.

Têmis, ainda segurando o passaporte do passageiro, tentou reconhecer aquela voz e se virou, vendo, bem ali, diante de seus olhos, o policial que, meses atrás, lhe proporcionara uma carona ao posto de gasolina, com direito às luzes azuis. O mesmo homem que lhe dera uma rosa que, sobre a cabeceira de sua cama, velou seu sono àquela noite.

— Matt? Mas o que você está fazendo aqui? – perguntou Têmis, sem saber onde enfiava o passaporte vermelho e sua vergonha.

Os dois se entreolharam por alguns segundos. Aquele momento pareceu durar uma eternidade, trazendo a Têmis um sentimento de conforto e esperança sem fim, como se tudo estivesse, finalmente, entrando nos eixos.

Têmis se aproximou de Matt e explicou que a Rússia não era membro da Comunidade Europeia e que todos os russos precisavam de visto para entrar no Reino Unido.

— Você precisa escanear o visto do passageiro, tirar as impressões digitais e, se estiver satisfeito com a entrada dele, precisará carimbar o passaporte – explicou Têmis.

— Ok, entendi. Temos apenas um problema: eu não tenho carimbo. Você pode me emprestar o seu? – pediu Matt.

— Claro que não! Nossos carimbos pessoais são intransferíveis! – respondeu ela, ainda constrangida pela presença do policial.

Matt observou Têmis enquanto ela questionava o passageiro e, após tirar as impressões digitais dele, carimbou o passaporte e fechou sua posição.

— Têmis, este é Matt, ele é policial e se candidatou a ser voluntário em nosso atendimento, caso precisemos de reforço em épocas de grande movimento – explicou o chefe de plantão.

— Interessante, *boss*, mas você tinha dito que eram estagiários. Não sabia que eram policiais – disse Têmis.

— Pois são todos policiais, Têmis. Aproveite e tire seu almoço agora – disse o chefe.

— Parece-me uma boa hora para um café – convidou-se Matt.

— Está bem, venha comigo que lhe apresentarei o melhor *croissant* do mundo – convidou Têmis. – Vou apenas pegar a carteira em meu armário, só um segundo.

— Não, Têmis, esse café fica por minha conta. Deixe-me apagar a péssima impressão que deixei por causa do russo – sugeriu Matt, sorrindo.

Já sentados à mesa, os dois pareciam sem jeito e não sabiam como começar a conversa.

— Por que decidiu ser voluntário, Matt? – perguntou Têmis quebrando o gelo.

— Precisava achar uma desculpa para reencontrar você e que esse reencontro parecesse casual – confessou Matt, sem rodeios. – Achei que não tivesse gostado de minha rosa.

— Matt, não foi isso que aconteceu – disse ela, sentindo seu corpo trêmulo. – Eu guardei seu telefone no bolso do uniforme e, quando cheguei em casa, coloquei tudo na máquina de lavar. Não tive como entrar em contato. Obrigada pela rosa – agradeceu desconcertada.

— Não tem problema, o que importa é que estamos aqui tomando café juntos e comendo o melhor *croissant* do mundo – sorriu ele. – Quais são seus dias de folga esta semana?

— Tirarei três dias consecutivos esta semana: sexta, sábado e domingo – respondeu ela.

— Alguma comemoração especial? – perguntou Matt.

— Meu aniversário é no sábado – respondeu Têmis.

— Perfeito, vou marcar minhas folgas nos mesmos dias – disse a ela.

— Está bem, mas... e se o chefe não autorizar?

— Já está autorizado!

— Humm. Precisamos voltar. O voo da Air France já deve estar chegando.

— Venha cá, não pense que se livrará de mim dessa vez – disse Matt segurando a mão de Têmis vigorosamente quando ela já se levantava da cadeira.

O policial a fitou com um olhar penetrante e determinado. Ela sabia que não poderia mais fugir dele. E nem pretendia fazer isso. Nos poucos minutos que passou em sua companhia, sentiu que tinham muito em comum: corriam atrás de seus objetivos com perseverança, e dificilmente eram desmotivados pelos obstáculos que, inevitavelmente, apareceriam no caminho.

— Tem planos para hoje à noite, Têmis? – indagou ele.

— Tenho sim – respondeu ela. – Pretendo assistir Rio no cinema do shopping Bluewater, e antes de se convidar, já vou avisando que é um desenho infantil - advertiu ela.

— Pego você às 21h30? – perguntou ele, de forma direta.

— Está bem, Matt – concordou Têmis. – Não se esqueça de que estamos no meio de uma semana de trabalho. Hoje ainda é terça-feira e amanhã estaremos no plantão das 6h.

— A noite é uma criança, Têmis – disse ele.

Os dois caminharam em direção ao controle de imigração. Nada mais importava, nem a fila de passageiros que já chegava ao balcão de transferências de voos internos.

— Têmis, você percebeu que aquele homem está sentado perto da mesa de cartões de chegada há um tempão?

— Não percebi. Por que diz isso? – indagou ela.

— Quando Balder e eu nos sentamos na área de atendimento, eu já tinha notado que ele estava lá. Fomos tomar café e eu novamente percebi que ele continuava no mesmo lugar e agora permanece lá. Vou ver o que está acontecendo. Alguma coisa ele está aprontando – disse Matt.

Têmis acompanhou o policial até o passageiro quando Matt o abordou de forma brusca, tirando o jornal das mãos do homem, que parecia fingir estar lendo as notícias. Assim que o rosto do passageiro foi desobstruído, ficou imediatamente visível que ele tinha uns fios acoplados ao corpo e algum tipo de equipamento preso no bolso do casaco.

— O que você pensa que está fazendo aqui? – interrogou Matt.

— Nada, não estou fazendo nada – respondeu o homem.

Matt arrancou o fio pendurado no corpo do homem, revelando um microfone e uma câmera que estavam escondidos dentro do casaco dele.

— Esta é uma área restrita. O uso de equipamento eletrônico é terminantemente proibido – advertiu o policial.

— Eu sou repórter do jornal *Good morning, UK* e estou trabalhando – disse o falso passageiro.

Ao observar que a situação estava saindo de controle, Têmis ligou para o aquário e pediu reforço policial.

— Não me interessa se é repórter. Você está violando as normas de segurança do aeroporto. Estou confiscando todo seu equipamento, que será destruído – disse Matt.

O reforço policial chegou e Têmis acenou para Matt para indicar que estava voltando ao atendimento e, depois de falar com o chefe, iria para casa. Matt acenou de volta e disse para quem quisesse ouvir:

— Até mais tarde!

"Como ele consegue me matar de vergonha assim? É a segunda vez que ele faz isso", pensou ao se lembrar do episódio do posto de gasolina. Saiu de lá imediatamente e, depois de deixar seus itens de segurança no armário, pegou o ônibus em direção ao estacionamento de funcionários. Começava a nevar e pensou que o cineminha provavelmente ficaria para outro dia.

Já em casa, Têmis decidiu se arrumar caso o maluco do policial aparecesse. Vestiu uma calça jeans, uma blusa e um par de botas de couro. Estava bastante frio. Deitou-se no sofá e começou a pensar em Matt e se um dia realizaria seu maior sonho: ser mãe. Lembrou-se de que sempre almejou ter uma família grande em volta da mesa do almoço de domingo, como era, em seu lar, no Brasil. A casa estava sempre cheia. Tinha um irmão e uma irmã e os agregados da família que vinham visitar e ficavam meses por lá. O pai de Têmis nunca se importou, gostava de ter a casa cheia. Era dono de um bar, lá pertinho da praia do Leme, e trazia para a mesa quantidades de comida suficientes para alimentar um exército.

Comprava caixas de biscoito recheado e peças inteiras de presunto e queijo. A geladeira estava sempre farta, e a barriga sempre cheia. Assim eram as casas de todas as famílias portuguesas que conhecia. Poderiam não ter as roupas e sapatos mais badalados da época, mas comida nunca faltava. Sentia falta desse calor humano. Já ia adormecendo quando teve um sobressalto com a campainha.

— Achou que eu não viria, não é? Nunca desisto de uma missão – disse Matt. – Está pronta? – perguntou, já entrando na casa de Têmis.

— Vou pegar meu casaco. Você aceita um chá ou café antes de sairmos? – indagou Têmis.

— Não, mas aceito um beijo – disse Matt, enquanto segurava gentilmente seu rosto. – Posso? – perguntou.

Têmis deu um beijinho em seu rosto e desconversou, pegando seu casaco e as chaves de casa. Entraram no carro de Matt e seguiram em direção ao shopping.

— Bom saber que este carro não tem as luzes azuis – disse ela, com uma risadinha.

Matt sorriu discretamente e, ao estacionar o carro no estacionamento do shopping, tirou de um compartimento embaixo do assento traseiro as tais luzes azuis. Estavam em uma viatura descaracterizada.

— E você não deixou seu carro de serviço na delegacia depois do último plantão? – indagou, surpresa.

— Não tive tempo. Eles só me avisaram hoje pela manhã que precisaria ir para o aeroporto. Amanhã pretendo levar a viatura de volta – disse ele, enquanto examinava cada detalhe do rosto de Têmis. – Estou muito feliz por ter reencontrado você – disse, após um longo silêncio.

Matt abraçou Têmis carinhosamente e retribuiu o beijo na bochecha.

— A sessão está prestes a começar – disse Matt.

Durante todo o filme, Matt acariciou as mãos dela, enquanto Têmis lhe explicava os detalhes das paisagens do Rio, sua cidade natal. Ele escutava com interesse. Depois do cinema, jantaram frango na brasa no Nando's, o restaurante preferido de Têmis. Lá também são servidos os famosos pastéis de nata portugueses.

— Então, o que aconteceu com o repórter? – perguntou Têmis.

— Ele tentou me agredir para pegar o equipamento de volta. Fui obrigado a enquadrá-lo e acabamos na delegacia do aeroporto – contou.

— Nossa! Ainda bem que você estava lá para evitar que ele fizesse uma matéria usando nossa imagem – disse Têmis.

Caminharam em direção ao estacionamento vazio do shopping de mãos dadas. Matt abriu a porta do carro para Têmis e os dois partiram para a casa dela.

— Têmis, passo aqui daqui a duas horas, ok? Não precisamos levar os dois carros se estamos trabalhando nos mesmos plantões – sugeriu Matt.
— Está bem. Até daqui a pouco – respondeu ela, saindo do carro.

Chegou em casa e teve tempo apenas de tomar um banho, aprontar um lanche e fazer seu cabelo e maquiagem. Pelo menos não precisaria dirigir até o aeroporto. Deitou um pouco e logo ouviu o carro de Matt estacionando em frente à sua casa. O relógio da sala marcava 4h da manhã.

— Bom dia, Matt, tudo bem? Você não está cansado para dirigir? – indagou Têmis, preocupada.
— Não, estou acostumado a fazer longos plantões. Será mamão com açúcar – disse, com tom de brincadeira.

Têmis adormeceu e acordou apenas no estacionamento, se dando conta de que Matt a observava há vários minutos.

— Desculpa, Matt, estava com muito sono – justificou-se.
— Acho que você precisa de outro café!
— Com certeza – concordou Têmis.

Deram uma paradinha no italiano e tomaram café da manhã juntinhos. Tinham se reencontrado há menos de 24 horas e a sensação era de que estiveram juntos durante uma vida inteira. Sentia-se íntima dele. Têmis se dirigiu até o vestiário para deixar o casaco e pegar seu carimbo pessoal. Não sabia se atenderia ou ficaria supervisionando o policial boa-pinta. Passou pelo atendimento a caminho do aquário e viu que Matt e Balder estavam conversando. O supervisor impecável deu um sorrisinho no canto da boca que deixou Têmis com a impressão de que os dois estavam aprontando algo. Deu sua carimbada no livro de presença no aquário e foi para o atendimento.

— Bom dia, Têmis – disse Balder. – Você pode supervisionar o estagiário depois de seu intervalo, entre 10h30 até o final do plantão? – indagou Balder.

— Sim, claro – respondeu ela.

— Todos os estagiários farão um curso sobre falsificação de documentos até as 10h – continuou Balder.

Têmis retornou ao atendimento e percebeu que Matt a olhava à distância, enquanto se dirigia à sala de treinamento com os demais estagiários. O local estava bastante movimentado. Têmis ocupou seu lugar no ponto fixo da linha rápida, onde apenas atendia aos passageiros que tinham voado na classe executiva.

— Passaporte, por favor.

Um homem se aproximou e Têmis imediatamente reconheceu seu rosto, mas não sabia bem de onde. O homem entregou o passaporte a ela. Quando a oficial olhou, o sobrenome era Mansell, nome: Nigel Ernest James, nacionalidade: GBR. Têmis olhou para o passageiro novamente e percebeu que ele não tinha mais o famoso bigode.

— Minha nossa mãe – disse, sem querer.

O ilustre passageiro deu um sorrisinho, mas não disse nada.

— Ah, se você soubesse como a Fórmula 1 tornava nossos domingos especiais. Você e o Senna. Torcíamos pelo Ayrton sempre, mas quando o carro dele quebrava, você passava a ser o nosso número um – disse Têmis, não acreditando que ele estava bem ali.

Teve vontade de tirar uma foto com ele, mas conteve a emoção. O ex-piloto agradeceu, pegou seu passaporte e passou pelo seu portãozinho.

O resto da manhã passou bem rapidamente. Depois de fazer um lanche, reencontrou-se com Matt para o resto do plantão no atendimento europeu. Entre um passageiro e outro, conversaram sobre o inesperado encontro que Têmis tinha tido com o segundo mais bem-sucedido piloto de Fórmula 1 britânico de todos os tempos, perdendo apenas para Lewis Hamilton. Matt contou como tinha sido o treinamento sobre a falsificação de passaportes e disse que ficou impressionado com o grau de complexidade do trabalho dos oficiais de imigração.

Já a caminho de casa, Têmis recebeu uma mensagem de texto de Balder.

"O que ele quer agora?", pensou. "Aposto que quer trocar o plantão de amanhã..."

A mensagem dizia: "Têmis, esqueci de avisar que você precisa trazer seu passaporte amanhã para cadastramento no novo sistema de segurança do terminal. Por favor, não se esqueça".

— Eles também pediram que levasse seu passaporte amanhã, Matt? – perguntou ela.
— Sim, pediram – respondeu o policial. – Têmis, você e Balder já tiveram alguma coisa? Ele parece gostar muito de você – perguntou ele.
— Não, Matt. Somos apenas bons amigos. Tenho grande admiração por ele. Coloquei um apelido nele de "Supervisor impecável", mas ele não sabe disso – explicou Têmis.

Os dois riram do que Têmis acabara de dizer. Matt deixou Têmis em casa e foi entregar a viatura de volta à garagem da polícia.

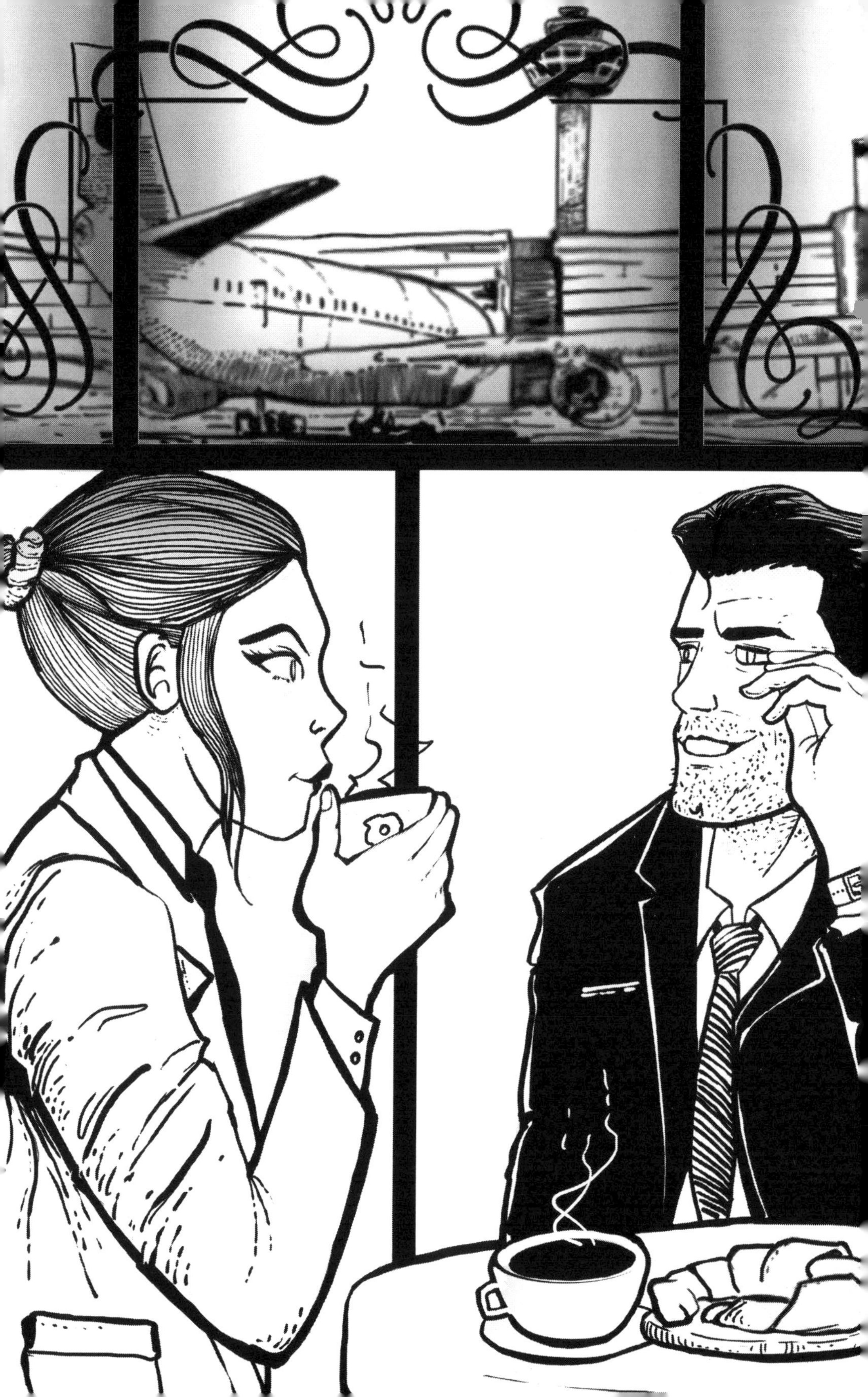

— Ligo para você mais tarde, está bem? – perguntou ele.

— Combinado – respondeu Têmis ao sair do carro.

Matt esperou até que Têmis entrasse em casa e seguiu em direção ao estacionamento da delegacia para deixar o veículo.

🔺 🔺 🔺

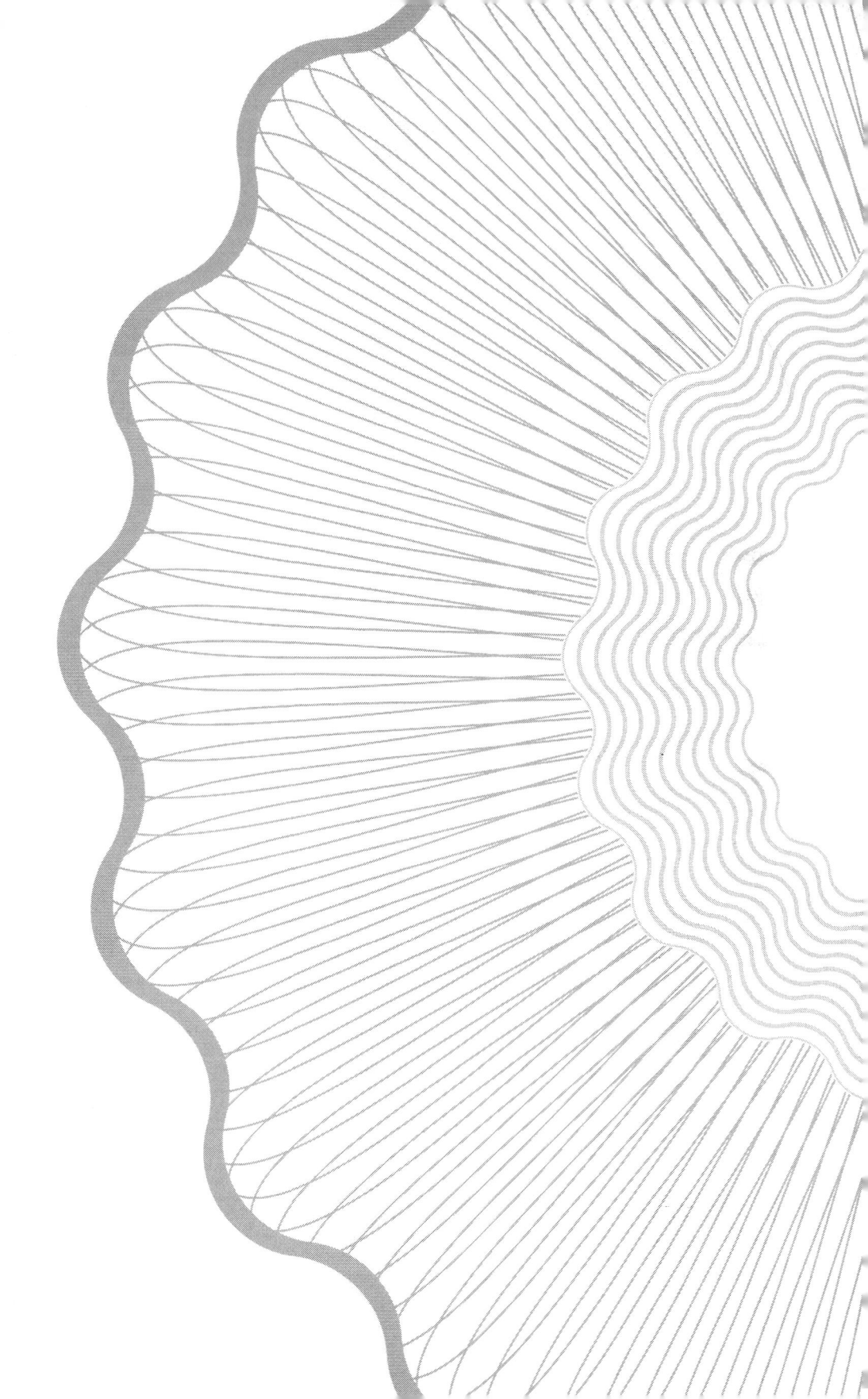

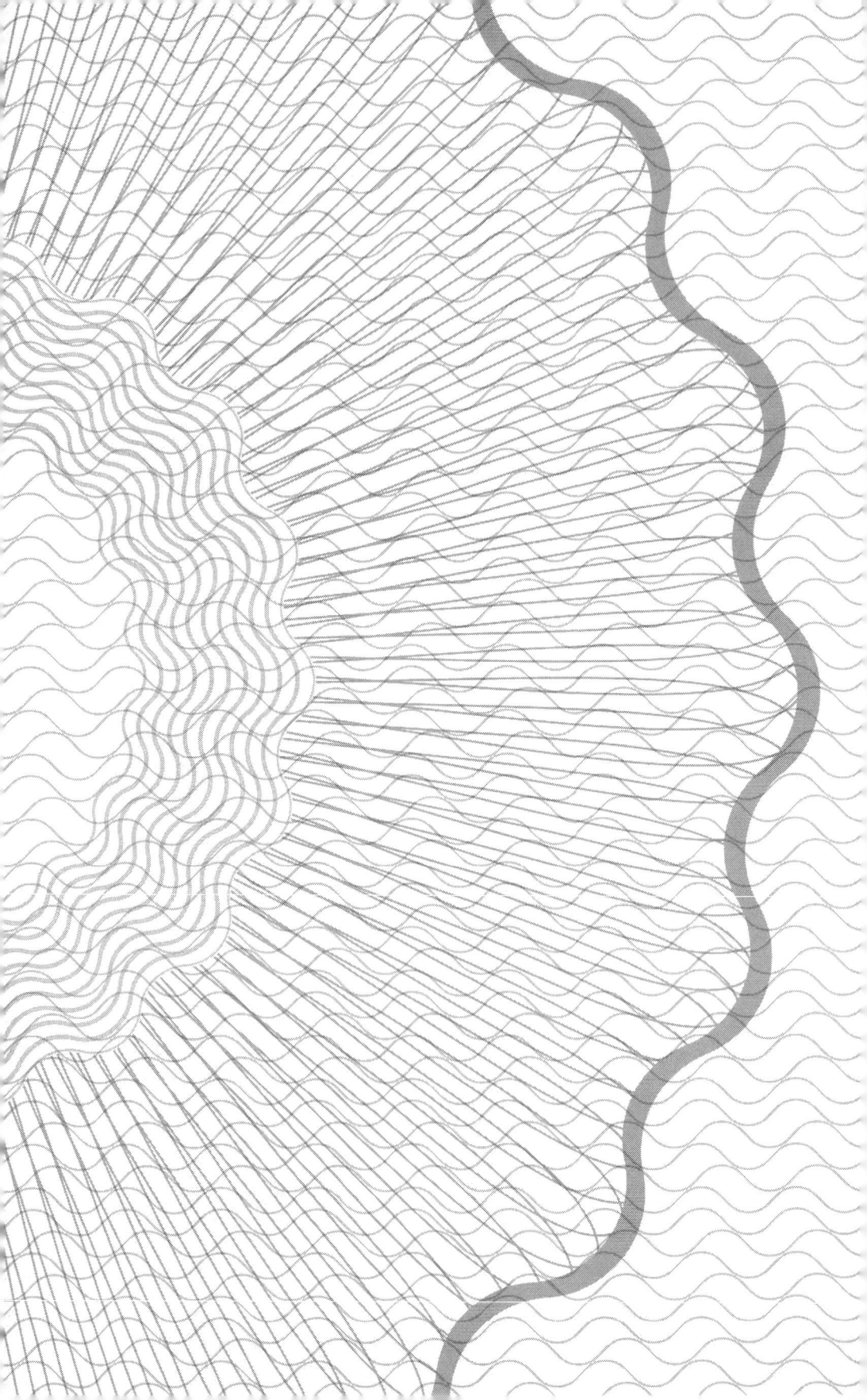

CAPÍTULO 7

O Local do Encontro

"**M**inha nossa! Que dia é hoje? Que horas são?"

Têmis olhou para o relógio da sala, que marcava 2h22.

"Devo ter deitado no sofá e apaguei", pensou ela, confusa. Têmis levantou-se e pegou o celular dentro da bolsa. Digitou a senha e percebeu que o aparelho estava quase sem bateria:

"Quinta-feira, 9 de dezembro. Três ligações perdidas de Matt, o policial boa-pinta." Têmis riu por ter salvado o número dele daquela forma. Decidiu mudar para: Matt, o namorado boa-pinta. "Duas mensagens de texto novas: ele deve estar preocupado comigo", pensou ela. Decidiu enviar uma mensagem para avisar a ele que estava viva. Segundos depois, o telefone tocou.

— Olá, Matt, desculpe-me. Peguei no sono e só acordei agora. Você está bem? Entramos às 8h hoje. Você quer que eu te pegue em casa? – perguntou Têmis.

— Bom dia, vida. Estou bem, só fiquei preocupado com você, mas imaginei que tivesse caído no sono. Passo aí às 6h, pode ser? – perguntou ele.

— Você não dorme, não? Acho melhor sairmos às 5h30. Tem muito trânsito nesse horário – advertiu Têmis, que estava acostumada ao movimento na autoestrada M25.

— Está bem. Até daqui a pouco. Não esquece seu passaporte. Leve alguma roupa com você. Assim podemos sair para jantar logo depois do plantão. O que acha? Podemos pegar o trem até o centro. As luzes de Natal já estão acesas.

— Ótima ideia, Matt. Então, até daqui a pouco – respondeu Têmis. – Durma mais um pouquinho.

— Não se preocupe, me sinto bem. Estou doido para ver você. Até daqui a pouco.

Têmis não queria ter esperanças com esse possível relacionamento. Já tinha passado por poucas e boas com as experiências que vivenciou, e aprendeu que ninguém é perfeito. Após ter sido enganada pela pessoa que mais tinha amado, não poderia esperar tanto de alguém que acabara de conhecer. Arrumou uma pequena bolsa e colocou nela algumas peças de roupa quentinhas para enfrentar a caminhada pelo centro de Londres à noite. Maquiagem, desodorante, pente, cachecol, luva e gorro. "Passaporte, claro!" lembrou ela. Decidiu tomar logo um banho e já colocar o uniforme, pois sabia que não conseguiria dormir novamente. "Acho que Matt tem o mesmo problema que eu. Parece que não dorme bem", pensou. Apesar de suas considerações, não deixou de ter esperança de que daquela vez seria diferente. "Era impossível não se encantar com a personalidade dele, além do mais, era lindo." Matt era bem alto, deveria ter quase 1,90 m de altura, e tinha as mãos enormes. Têmis percebeu esse detalhe quando ele segurou sua mão com firmeza enquanto terminavam o café, no intervalo do plantão da terça-feira, o primeiro dia em que se reencontraram. Tinha os olhos verdes e os cabelos castanho-escuros. Trazia a barba curtinha, como se estivesse por fazê-la há dois dias e, nos plantões anteriores, havia vestido terno e gravata com sapatos sociais, mas ficava apenas com a blusa social durante o dia. Não era impecável como Balder, nem trazia os sapatos lustradíssimos, e muito menos o terno num cabide para não amassar, mas era muito sexy. Quando exercia o papel de policial, parecia durão e implacável, estilo Gene Hunt da série da BBC *Life on Mars*. Justiça seja feita, tinha também seu lado carinhoso. Na noite anterior, no shopping, acariciou suas mãos durante o filme, andaram de mãos dadas e ele abriu a porta do carro para ela. No fundo, no fundo, Têmis queria mesmo é que ele tivesse tascado um beijo nela quando a deixou em casa, mas ele tinha sido um verdadeiro *gentleman*. "Têmis, deixa rolar! O que tiver que ser, será. Aproveite o hoje!", gritava sua consciência. Sentia medo, mas torcia muito para que desse certo. Ficava trêmula sempre que ele se aproximava, o que não era costumeiro para uma oficial de imigração que exercia a função de controle de pessoas na fronteira. Mas não perto dele, não perto de Matt. Era como se ao lado dele só conseguisse ser ela mesma.

A campainha tocou antes do horário marcado. Eram 5h da manhã.

— A oferta do café ainda está de pé? – perguntou Matt, presenteando Têmis com uma flor. Ele deu um beijo na testa dela e entrou.

Têmis preparou o café em uma daquelas cafeteiras italianas. Colocou água no fundo e o pó de café no filtro que ficava no meio.

— Nunca vi esse tipo de cafeteira, Têmis – disse Matt, enquanto observava o utensílio no fogo.

— É italiana – explicou ela. – A água ferve embaixo e sobe passando pelo filtro e o café fica pronto na parte de cima.

— Curioso – disse o policial, não muito convencido.

— Você já provou um cafezinho brasileiro? – indagou ela.

— Não, nunca, mas o cheirinho é ótimo – elogiou Matt.

— Está com fome? – perguntou Têmis.

Matt respondeu à pergunta com um sorrisinho.

Ela tinha baguetes francesas pré-assadas, bacon, linguiça, tomates e cogumelos na geladeira. Às 5h15, se viu preparando um café da manhã inglês completo para o policial.

— Humm, não querendo abusar, mas tem ketchup? – perguntou ele, lambendo os dedos.

— Claro que tenho – disse Têmis, sorrindo e satisfeita por ele estar gostando de seu café da manhã. "Afinal, saber cozinhar o menu essencial inglês era pré-requisito para fisgar um partidão como ele", pensou.

Depois do café da manhã, saíram apressados para o aeroporto. Já na estrada, Têmis perguntou:

— Você vai para o centro de terno?

Matt sorriu e respondeu que tinha colocado umas roupas no porta-malas.

— Ah, sim. Está bem – comentou Têmis.

Matt segurou a mão dela por todo o percurso. Quando precisava trocar a marcha, pegava-lhe a mão e trocavam a marcha juntos. De vez em quando, ela percebia que o olhar dele saía da estrada e focava nela. Não havia quase trânsito naquela manhã.

— Não vai dormir um pouquinho? – indagou o policial.

— Não estou com sono, principalmente depois de um café daqueles! – disse Têmis.

Ele estacionou o carro. Ainda eram 7h da manhã. Tinham uma hora até o início do plantão. Observaram os aviões, que sobrevoavam pertinho dos carros dos funcionários, antes de pousarem alguns metros adiante.

— Têmis, desde que vi você pela primeira vez, sentada na grama ao lado de seu carro sem combustível, eu senti uma coisa que nunca havia sentido antes. Não sei explicar o que é. Esse sentimento é novo para mim. Por favor, a única coisa que eu peço é que você se permita conhecer uma nova pessoa. Eu sinto que você tem medo, não sei o que se passou em sua vida antes, mas, seja o que for, agora será diferente – disse Matt, com uma expressão bem séria, olhando profundamente nos olhos dela. – Posso cuidar de você? – perguntou ele, enquanto acariciava o rosto dela.

Têmis não disse nada. Os dois se entreolharam por alguns segundos. "Dizem que os olhos são a janela para a alma", pensou ela. A oficial sentia o mesmo por ele e não conseguia disfarçar seu nervosismo: o coração batia forte e a boca estava seca. Matt segurou seu rosto e gentilmente beijou-lhe os lábios. Ficaram abraçados por um tempo, sentindo a respiração um do outro. Os dois gostariam que aquele momento durasse para sempre, mas sabiam que o dever os esperava. Matt mais uma vez acariciou o rosto dela e a beijou, abraçando-a fortemente na sequência.

Saíram do carro quando o sol já estava nascendo. "Depois da tempestade, vem sempre a bonança", pensou Têmis. Um novo dia se iniciava e, para ela, era um novo ciclo de sua vida que também começava. Os dois caminharam até o ponto de ônibus e seguiram em direção ao terminal D. O policial disfarçou e discretamente segurou a mão dela no curto percurso até o terminal.

— Passaporte, por favor. Qual o motivo de sua viagem? – perguntou Têmis, já contando os minutos para que aquele plantão terminasse e pudesse descansar três dias na companhia do namorado.

— Turismo – respondeu a passageira.

Têmis deu uma olhada no atendimento e pôde ver que Matt estava atendendo aos passageiros europeus sob a supervisão de Balder. À distância, os dois acenaram para ela, que retribuiu, sorrindo.

— Por quanto tempo ficará aqui? Por que viaja sozinha? – indagou ela.

— Sete dias. Meus filhos não puderam vir, pois ainda estão estudando.

— E quem ficou tomando conta deles? – perguntou a oficial.

— Minha mãe.

Têmis sempre tentava se colocar na posição do passageiro. Tinha diante dela uma mulher de 30 anos, que viajara sozinha, pois os filhos estavam na escola. "Deixou as crianças com a mãe e por que não com o pai deles?" Não usava aliança. Dava respostas vagas e sem entusiasmo por estar lá de férias. "Se eu estivesse chegando de férias em um lugar pela primeira vez, certamente estaria carregando mapas, reservas, planejamento de atrações a conhecer..."

— O que faz no Brasil? – indagou a oficial.
— Trabalho em um escritório de administração – explicou a mulher.

Têmis anotava todos os dados no verso do cartão de chegada.

— Por favor, qual o nome de sua mãe?
— Dilma.
— Qual o telefone de contato da Dona Dilma? E do seu trabalho? Como se chama seu chefe?
— Não sei o número de telefone do meu trabalho, mas a empresa se chama Administração Santini Ltda.

Depois de anotar todos os dados, Têmis entregou o documento IS81 à passageira e caminhou em direção a Balder e Matt.

— Estou com um caso de recusa nas mãos. Não poderei ficar no atendimento com você – explicou Têmis, olhando para Matt. – Balder, aqui está meu passaporte, antes que eu me esqueça. Vejo vocês mais tarde. Cuide bem do estagiário e veja se não o confunde mais com essa história de passaporte vermelho – brincou com o supervisor.

Os dois homens riram e Matt deu uma piscadinha de olho para Têmis. Ela sorriu e já sentia saudades dele por saber que passaria o resto do plantão trabalhando no caso do dia. Passou pelo aquário e depois ao escritório dos fundos.

— Eu poderia falar com a Dona Dilma, por favor?

— Quem fala? – perguntou a mulher meio assustada.

— Olá, Dona Dilma, aqui é Têmis. Eu sou oficial de imigração no aeroporto de Londres. A sua filha chegou direitinho, mas eu preciso fazer umas perguntas para a senhora, pode ser?

— Pode sim, moça – concordou a mulher, ainda meio sonolenta.

— A Denise veio para Londres para passar quanto tempo?

— Eu não sei ao certo, moça.

— Ela tem filhos?

— Tem sim.

— Qual a idade das crianças?

— Um tem 8 e o outro 10.

— Onde está o pai das crianças? Por que eles não vieram com a mãe?

— Eles são separados. O pai deles não dá muita assistência para os dois. A Denise ficou desempregada na semana passada e resolveu tentar a vida aí.

— Entendo, Dona Dilma. Então, sua filha não veio para cá a passeio?

— Não, moça. Ela vai tentar trabalhar aí com coisa de limpeza. Uma amiga dela está em Londres e disse que arrumaria umas casas para ela limpar.

— Entendi, Dona Dilma. Muito obrigada e desculpe-me por ter acordado a senhora a uma hora dessas.

Têmis desligou e se deu conta de que não poderia ligar para o trabalho da passageira àquela hora. Eram 6h da manhã no Brasil. Ela, entretanto, possuía dados suficientes para justificar a verificação da bagagem da passageira. Passou pelo aquário para informar os pormenores do caso ao chefe de plantão e depois seguiu com Denise, passando pela mesa de Matt, a caminho do primeiro andar.

— Muito bem, Têmis – disse Balder, ironicamente.

— Cala a boca, Balder! – disparou ela, rindo.

Por trás de Balder, Matt jogou um beijinho disfarçadamente.

— Boa sorte, Têmis – disse o policial.

Já no primeiro andar, a oficial e a passageira recolheram uma mala da esteira e se dirigiram à área de inspeção da alfândega, onde as bagagens eram fiscalizadas.

— Você só trouxe uma mala?

— Sim – respondeu a passageira.

Têmis notou que a viajante trazia apenas algumas roupas, mas, dentre os pertences dela, avistou um diário que foi imediatamente confiscado e colocado dentro do arquivo para uma análise detalhada.

— Em que estado mora no Brasil? – perguntou a oficial.

— Eu sou de Londrina, no Paraná.

Londrina, ou pequena Londres, recebeu esse nome em homenagem à capital inglesa. A cidade surgiu com a colonização da região norte do estado do Paraná, feita por uma empresa inglesa, e chegou a ser a maior produtora de café do mundo na década de 1960. Os britânicos levaram para o Brasil as ferrovias, que foram construídas inicialmente para facilitar o transporte do café. Outras cidades foram planejadas ao longo da estrada de ferro, o que propiciou o desenvolvimento de toda a área norte do estado, que se tornou uma importante ligação entre as regiões Sul e Sudeste do país. Existem pela cidade as famosas cabines telefônicas vermelhas e um shopping center que foi decorado utilizando uma temática inspirada nos ícones londrinos, tais como os guardas da rainha e o Big Ben. Uma outra curiosidade é que o código de DDD de algumas cidades da localidade é o 44, o mesmo número utilizado como código de discagem direta internacional para o Reino Unido.

Têmis acompanhou a passageira até a sala de detenção e logo em seguida começou a preparar o arquivo dela. Já eram quase 8h da manhã no Brasil quando ela ligou para o trabalho de Denise, após ter conseguido o número do telefone da empresa na internet.

— Administração Santini Ltda, em que posso ajudar?
— Bom dia, poderia falar com o setor de recursos humanos, por favor?
— Sim, claro, só um momento que irei transferir sua ligação.
— Recursos humanos, em que posso ajudar?
— Bom dia, meu nome é Têmis e trabalho para a imigração inglesa. Eu tenho uma passageira solicitando um visto de entrada como turista e ela nos informou que trabalha em sua empresa. A senhora poderia confirmar essa informação, por favor?
— Pois não. Por favor, me passe o nome completo, data de nascimento e o número do CPF da pessoa.

Têmis havia confiscado todos os documentos da carteira de Denise, mas deixou o dinheiro. Havia apenas colocado na ficha dela que tinha 50 libras, 200 reais e umas moedas.

— Sim, claro. Os dados da passageira são...

A oficial passou tudo à atendente, que confirmou o que a Dona Dilma já havia dito anteriormente: ela trabalhara na empresa até a semana anterior, mas apenas de forma temporária. Confirmou que ela não fazia mais parte do quadro de funcionários de lá.

— Muito obrigada pela ajuda. Tenha um bom dia – disse Têmis, desligando o telefone em seguida.

"Além de estar desempregada, não tem dinheiro e nem motivos para retornar após a visita", concluiu Têmis. Folheou o diário que encontrou na mala da passageira. A data das últimas anotações era 8 de dezembro. A passageira tinha escrito: "A partir de hoje, vida nova. Estou me mudando para Londres".

Já na sala de entrevista e após ter feito as perguntas de segurança de praxe, Têmis começou o questionamento.

— Qual o motivo de sua viagem?
— Como disse anteriormente, turismo – respondeu a passageira.
— Que lugares pretende conhecer? – perguntou a oficial de imigração.
— O que der para ver em sete dias.
— Você trabalha no Brasil?
— Sim.

— Qual seu salário mensal?

— Em torno de mil reais.

— Quanto pagou por sua passagem aérea?

— R$ 3.500.

— Deixe-me entender – resumiu Têmis – você gastou mais de três vezes o seu salário mensal em uma viagem para ficar sete dias em um lugar que você não sabe nada a respeito?

— Sim.

— Eu falei com a Dona Dilma mais cedo. Ela me disse que você não tinha mais trabalho, pois tinha sido demitida. Além do mais, o pai de seus filhos não ajuda com as despesas das crianças. Ela também disse que você estava vindo para Londres porque trabalharia na área de limpeza com a ajuda de uma amiga que já mora aqui. O que você tem a me dizer sobre isso?

— A minha mãe é uma louca. Ela não sabe o que está dizendo – afirmou a passageira, que começava a se exaltar.

— Os funcionários do seu trabalho também sofrem da mesma doença? Eu liguei para a empresa para a qual disse que trabalhava. Falei com o departamento de pessoal, que confirmou o seu desligamento do trabalho temporário desde a semana passada. Além disso, você escreveu em seu diário que iria começar uma vida nova em Londres.

— Não vou mais responder nada. Se quiser pode me mandar embora – disse a passageira agressivamente.

— E é exatamente o que vou fazer – disse Têmis, sem rodeios. – Você mentiu para a imigração inglesa e pretendia trabalhar aqui de forma ilegal. Infelizmente, sua entrada está sendo recusada nesta ocasião. Não poderá retornar ao país pelos próximos dez anos. Você entendeu tudo o que eu expliquei?

— Sim! – gritou a passageira.

— Por favor, assine aqui – pediu Têmis, pacientemente. – Obrigada. Se desejar comer alguma coisa, basta pedir aos guardas de plantão. Tenha um bom dia – disse Têmis, aliviada por ter terminado a entrevista.

A oficial informou o resumo da entrevista ao chefe que, por sua vez, concordou com a recomendação de recusa que Têmis propôs. Ela ouviu o apito de uma mensagem chegando em seu celular. Era Matt dizendo que estava esperando por ela do lado de fora, no café italiano. Têmis não viu o tempo passar, eram mais de 15h30 e já deveria ter terminado o plantão. Finalizou o arquivo, que entregou ao escritório de apoio para que acompanhassem o embarque da passageira recusada. Enviou uma mensagem ao policial avisando que já estava terminando. Colocou as insígnias no armário, ao lado de seu carimbo pessoal, e foi se trocar e retocar a maquiagem. Depois de vinte minutos, seguiu em direção à área de desembarque internacional, onde Matt a esperava ansiosamente.

— Olá, tudo bem? – perguntou Matt, feliz por revê-la.

— Sim, e você? – retrucou Têmis, com um ar cansado.

— Como foi o plantão? Recusou a passageira?

— Foi um pouco estressante. Ela foi recusada, sim. Veio para o Reino Unido para trabalhar, mas não possuía visto de trabalho – respondeu ela.

Matt abraçou Têmis e o casal caminhou em direção à bilheteria da estação de trem do aeroporto. Pegaram o expresso até a estação de Paddington e em quinze minutos estavam no centro de Londres. De lá, fizeram a transferência para o metrô até Kings Cross/St. Pancras. É na estação de Kings Cross que está localizada a famosa plataforma 9¾ dos filmes do Harry Potter e é da internacional de St. Pancras que partem os trens do Eurostar com destino a cidades na Holanda, França e Bélgica. Em St. Pancras há inúmeros restaurantes e um shopping center. A estação fica bem pertinho da British Library, dá para ir a pé.

Ao chegarem à gigantesca estação de St. Pancras, Matt conduziu Têmis até uma linda escultura de bronze, chamada The Meeting Place, ou "O Local do Encontro", que ficava próxima ao embarque internacional. A estátua, que possui 9 m de altura, e foi projetada pelo artista britânico Paul Day, faz uma alusão ao romance das viagens, através da representação de um casal dando um abraço amoroso.

— Têmis, tenho uma surpresa para contar. Nós não vamos fazer uma refeição no centro, como disse pela manhã. O jantar será servido a bordo do Eurostar. Nosso trem sairá daqui a uma hora. Voltaremos no domingo, está bem? – confessou Matt, com um sorriso.

— Mas, mas, mas, Matt, eu não trouxe roupa para três dias! E nem passaporte!

Matt tirou dois passaportes do bolso do casaco. Têmis não sabia o que dizer e o casal se abraçou longamente bem embaixo da escultura de bronze.

— Eu não acredito que você conseguiu me enganar!

— Não teria sido possível sem a ajuda do Balder! – disse o policial.

— Ah, Matt, você deixou minha vida mais colorida. Muito obrigada – agradeceu Têmis.

— Será um final de semana maravilhoso. Você nunca mais esquecerá esse aniversário, isso eu garanto. Com relação às roupas, podemos fazer umas comprinhas em Paris amanhã, não se preocupe.

Têmis abraçou o policial e, apoiando suas mãos no rosto dele, deu-lhe um beijinho.

— Adorei a surpresa – sussurrou no ouvido dele.

Os dois se dirigiram à fila de embarque e depois aguardaram o anúncio da plataforma de partida para Paris no *cocktail bar*. Têmis nunca havia viajado de classe executiva no Eurostar. Ao se acomodarem em seus espaçosos assentos, tendo para eles uma mesa exclusiva, foram logo recepcionados com uma garrafa de champanhe Duval Leroy. Após trinta minutos de viagem, o jantar começou a ser servido. A entrada era composta por uma seleção de queijos franceses acompanhados de pãezinhos, biscoitinhos diversos e geleia de damasco.

— Daqui a pouco passaremos perto de nossas casas – disse Matt.

— Sim, gosto muito da região onde moramos, no campo. A vida não é tão agitada como na capital. Acho que depois de ver tantos passageiros diariamente, prefiro a calmaria do interior – disse Têmis.

— Eu também, vida. Se não deseja sair de Kent, ficaremos lá.

Têmis ficou um pouco envergonhada, mas gostou de saber que o policial parecia ter planos para além daquele final de semana juntos na Cidade Luz.

— Você gosta do seu trabalho, Têmis? – indagou ele.

— Acho uma profissão muito importante, Matt, mas é o tipo de atividade que nos deixa com uma carga energética muito pesada. Se você parar para pensar, mudamos a vida das pessoas a todo minuto. Eu sei que esse trabalho é essencial, mas não acredito que o farei pelo resto da minha vida. Às vezes penso se não seria mais feliz ajudando as pessoas – explicou Têmis.

— Entendo, Têmis. Eu acho que você deve trabalhar com o que gosta. Além do mais, quem irá cuidar das crianças enquanto eu estiver correndo atrás dos bandidos?

— Pois é, você tem toda razão – concordou Têmis, se aconchegando no peito de Matt, que já não vestia mais o casaco pesado de inverno.

Depois da entrada, ainda foram servidos o prato principal, pato com molho de laranja, e a sobremesa, uma deliciosa mousse de frutas vermelhas, e, ao final, um café expresso.

— Prefiro o cafezinho da cafeteira italiana – comentou Matt.

— Eu posso preparar outro para você, quando voltarmos no domingo – disse ela.

Já na estação de Gare du Nord, em Paris, um táxi os esperava. Chegaram ao hotel onde passariam as próximas três noites, e após o *check in* foram direto para o quarto. Têmis mal podia conter a ansiedade, pois queria ver a Torre Eiffel. Ao entrarem no quarto, ela caminhou para a sacada e de imediato foi surpreendida pelas luzes douradas da torre. Matt se aproximou e a abraçou por trás e os dois ficaram lá, admirando a beleza das luzes de Paris à noite.

— Matt, posso dizer uma coisa? – perguntou Têmis em voz baixinha, quase sussurrando.
— Têmis, eu também amo você – disse ele em seu ouvido. – Agora é minha vez. Eu posso perguntar uma coisa?
— Matt, a resposta é SIM para as duas perguntas – disse, olhando em seus olhos.

Os dois se beijaram longamente. Têmis sentia-se segura. Passaram a sexta e o sábado passeando pelos principais pontos turísticos da cidade. Matt pediu que o chefe de cozinha do hotel preparasse um bolo especialmente para ela. Quando chegaram ao quarto na noite de sábado estava tudo repleto de rosas vermelhas e havia sobre a mesa um bolo com morangos e uma garrafa de champanhe. Antes de apagar as velas, Têmis desejou que aqueles momentos ao lado de Matt fossem eternos. No domingo tomaram o café da manhã no quarto enquanto admiravam a paisagem gelada lá embaixo. Arrumaram seus pertences e deixaram aquele paraíso. Um táxi já esperava o casal na entrada do hotel.

— Aeroporto Charles de Gaulle, por favor – disse Matt ao motorista.

— Como assim, amor? Vamos voltar de avião? – perguntou Têmis.

— Sim, achei mais prático, já que meu carro está no estacionamento do aeroporto – explicou Matt.

— Você pensa em tudo, não é mesmo? – disse ela, com um sorriso. – Esse final de semana foi realmente inesquecível. Foi tudo perfeito. Acho que foi meu melhor aniversário, muito obrigada, querido.

— Eu também gostei muito de estar ao seu lado. Será difícil não ficar com você o dia todo amanhã. Eu tenho um treinamento da polícia, mas à noite estaremos juntinhos novamente.

— Também sentirei saudades – respondeu Têmis.

O voo de Paris a Londres levou em torno de quarenta minutos e, do alto, Têmis e Matt puderam observar o caminho que o Rio Medway fazia e depois o Rio Tâmisa. Desembarcaram no terminal D e já prepararam os passaportes para apresentar à imigração.

— Matt, você sabe o que os oficiais de imigração mais detestam depois da carteira de identidade italiana de papel?

— O que, Têmis?

— Capa de passaporte! Tire essa capa! Você não aprendeu no curso de falsificação de documentos que é muito importante examinarmos a parte externa dos passaportes? – perguntou Têmis.

— É verdade, você tem toda razão – concordou Matt, retirando a capa de couro de seu documento de viagem.

Aproximavam-se dos guichês quando Matt disse:

— Olha, Têmis, é o Balder! Vamos falar com ele – sugeriu Matt.

— Passaporte, por favor. De onde estão viajando? Como se conhecem?

Matt entregou os dois passaportes a Balder e respondeu:

— Estamos vindo de Paris. Ela é minha futura esposa – respondeu ele com convicção.

— Matt! Assim você me mata – disse Têmis, apertando a mão dele.

— Mas você disse SIM para as duas perguntas – lembrou o policial, dando um sorriso.

— Vocês são umas figuras. Têmis, não adianta tentar esconder, o aeroporto inteiro já sabe que vocês estão juntos! – disse Balder, colocando mais pilha ainda.

Têmis ficou toda envergonhada e os dois seguiram de mãos dadas. Era a terceira vez que o policial a deixava desconcertada. Talvez fosse melhor que se acostumasse com aquilo. Passaram pelo hall de bagagens, mas como não tinham nenhuma mala despachada, seguiram em direção à saída. Matt levou Têmis até em casa e, ao estacionar o carro, já disparou:

— E o cafezinho da cafeteira italiana?

— É claro que eu vou preparar um cafezinho para você – disse ela, enquanto lhe dava um abraço apertado.

Matt foi ficando, ficando, e acabou passando a noite na casa da namorada. Os dois pularam da cama às 5h da manhã. Têmis estava na escala da tarde, às 13h45, horário no qual o voo da companhia aérea brasileira chegava. Sabia que teria um dia de muito trabalho pela frente. Matt deu-lhe um beijo e a deixou na cama descansando um pouco mais.

— Hoje eu saio às 21h, mas se eu tiver que lidar com algum passageiro recusado, pode ser que eu saia mais tarde, está bem? – antecipou Têmis.

— Não tem problema, eu venho ver você assim que chegar – disse Matt.

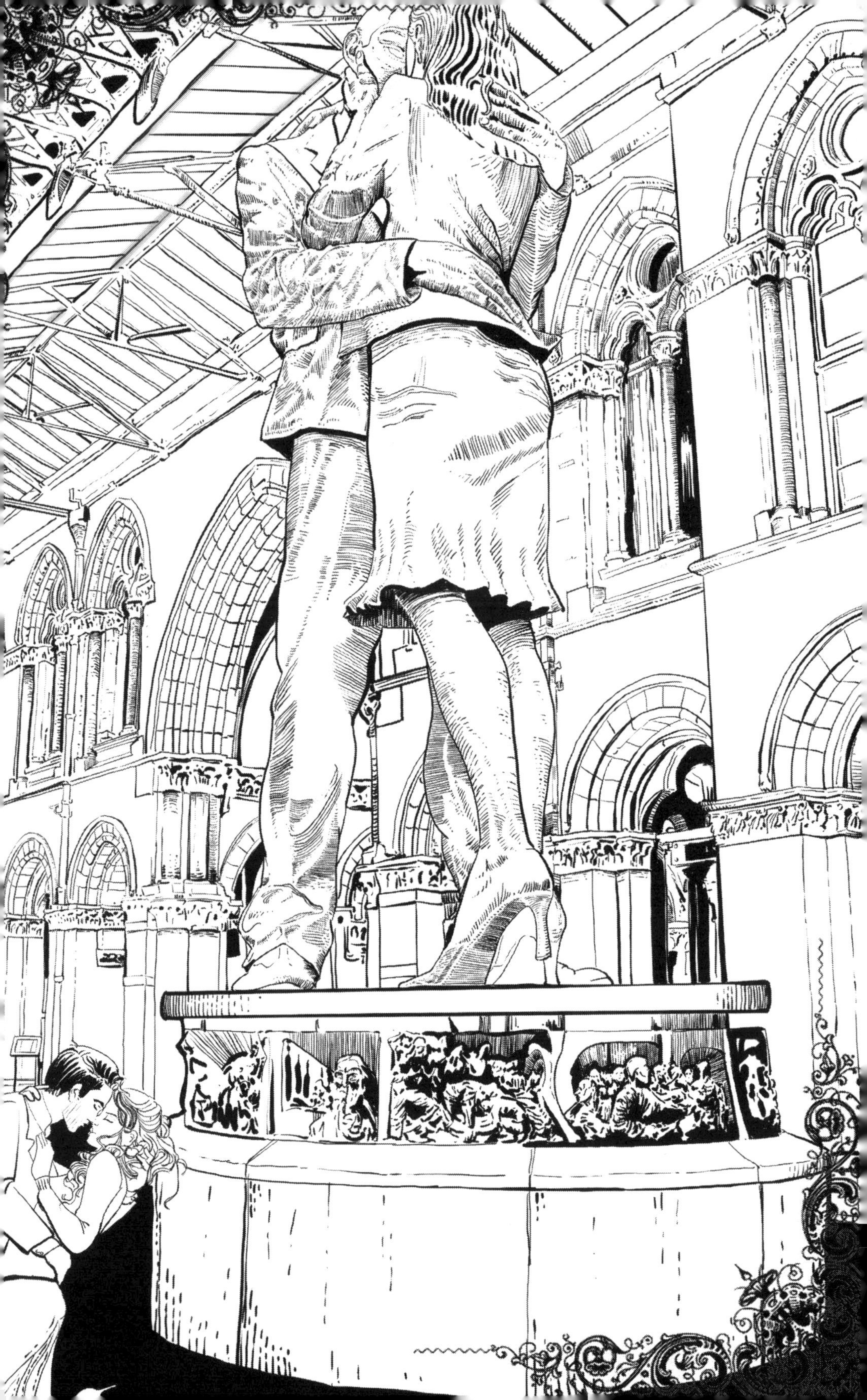

— Leve essa chave reserva da porta da frente. Assim, você me espera aqui.

— Está bem, então. Durma mais um pouquinho, Têmis. Amo você – disse ele carinhosamente.

— Eu também – disse ela, entrando embaixo das cobertas novamente.

🔺 🔺 🔺

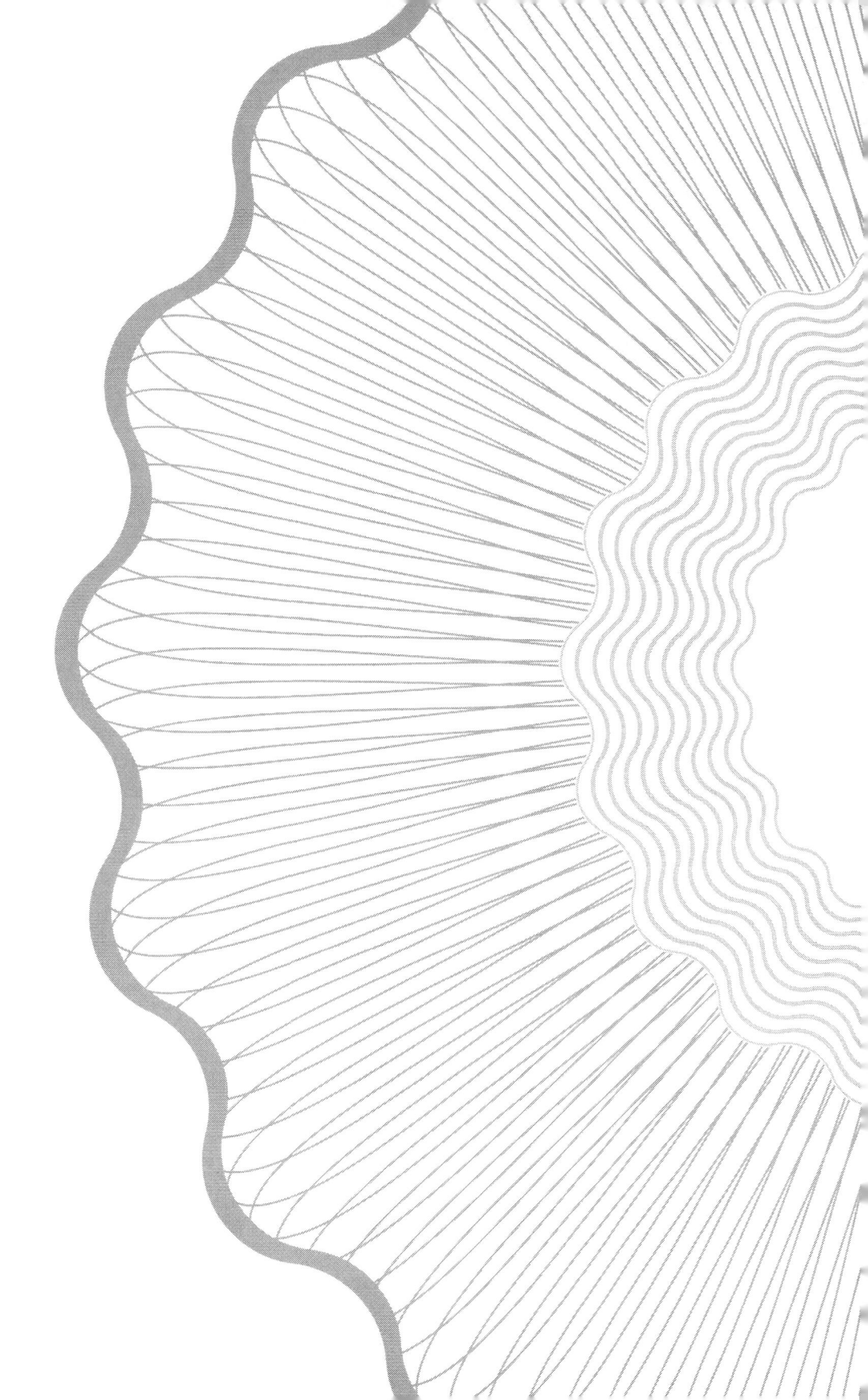

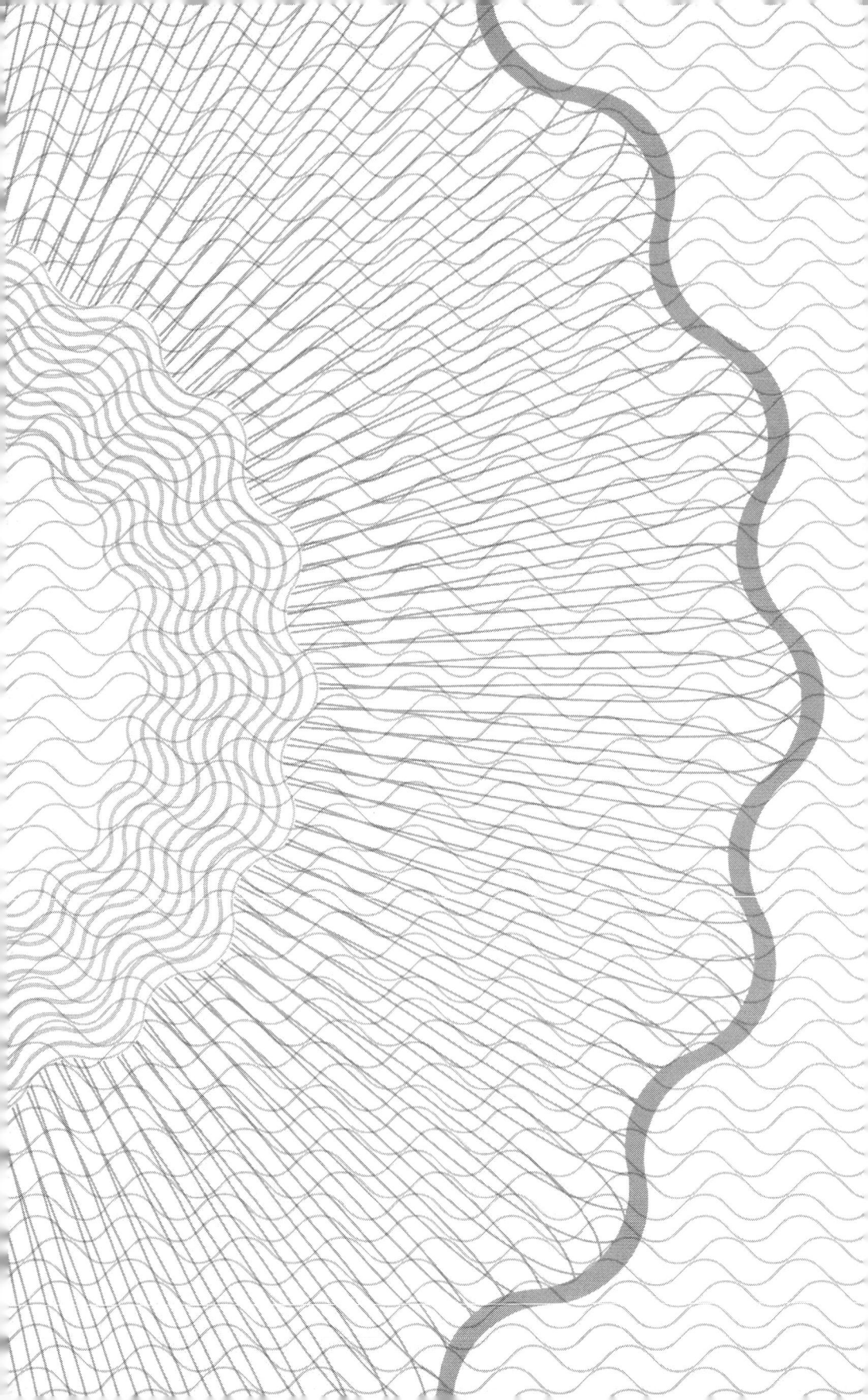

CAPÍTULO 8

A Índia do Rio Negro

Têmis sentia-se estranha por estar saindo de casa sozinha naquela manhã de segunda-feira. Estavam juntos há menos de uma semana, mas ela nunca teve tanta certeza de que estava no caminho certo com relação à sua vida amorosa e ao Matt. Uma nova semana de trabalho começava e sentia que suas energias estavam recarregadas. Pegou seu carimbo pessoal no armário e, chegando ao atendimento, foi interceptada pelo chefe de plantão.

— Boa tarde, Têmis, tudo bem? O voo da companhia brasileira chegou mais cedo hoje e temos uma passageira sentada na frigideira à sua espera. Pelo que entendemos através do intérprete, ela veio ao Reino Unido para fazer um procedimento médico considerado ilegal no Brasil.

— Um aborto? – perguntou Têmis, aterrorizada pela ideia.

— Sim – respondeu o chefe.

— Por que só eu que tenho que lidar com esse tipo de caso? Eu tenho certeza de que outros oficiais poderiam fazer o mesmo trabalho! – contestou Têmis.

— Porque eu decidi que você é a melhor pessoa para lidar com ela. A passageira está grávida e não fala inglês, é bem simples – respondeu o *boss*.

— Está bem, mas já vou avisando que irei recusar

a entrada dela! – disse a oficial, não muito contente com a situação.

— Siga os procedimentos-padrão. Ela está na frigideira – completou o chefe, já caminhando de volta em direção ao aquário.

Têmis fitou a passageira à distância. Lembrou-se de todo o sofrimento pelo qual tinha passado tentando engravidar. Na época, era recém-casada e ainda estava morando no Brasil quando recebeu o diagnóstico de endometriose e síndrome do ovário policístico. Todos os meses tinha que conviver com o fracasso de não poder engravidar, de não poder ser mãe e, em sua opinião, não se sentir uma mulher por completo. Sentia cólicas terríveis que nenhum remédio aliviava. Uma grande amiga lhe indicou um excelente ginecologista e, em sua primeira consulta, tomada pelo desespero das dores, chegou ao consultório com uma certeza: queria se livrar de tudo o que causava aquele sofrimento.

— Olá, doutor, o senhor sabe o que eu tenho? – perguntou Têmis.

— Acredito que sim. Pelos sintomas que descreveu, tenho quase certeza de que você tem endometriose, mas, para termos a confirmação, precisaremos fazer uma videolaparoscopia.

— O que é endometriose? E videolaparoscopia? É um exame?

— A endometriose é uma doença que se caracteriza pela migração de células do endométrio para outras regiões do corpo, fora do útero, causando inflamação, dor e, muitas vezes, infertilidade. Para sabermos se é seu caso, precisaremos olhar sua área pélvica através da videolaparoscopia, que é um exame cirúrgico.

— Doutor, isso tudo para diagnosticar? Eu preciso de uma solução definitiva. Não tem como remover meu útero e resolver o problema? Por favor, eu não aguento mais – implorou Têmis, à época com 23 anos de idade.

— Têmis, eu não farei isso. Você acabou de se casar e me disse que deseja ter filhos. Tenha calma. Confie em mim. Você está em ótimas mãos – explicou o médico.

Ela fez todos os exames pré-operatórios e pensou em desistir várias vezes. Dois meses depois, foi submetida à cirurgia e ficou internada por apenas uma noite. Em quinze dias já estava de volta ao trabalho. Como parte do tratamento, após a confirmação do diagnóstico, o médico prescreveu uma injeção chamada Zoladex. A agulha era do tamanho de uma caneta Bic sem a parte de plástico e cada injeção custava o equivalente a seu salário mensal. Precisaria tomar uma por mês durante seis meses e não tinha como pagar pelo tratamento. Uma grande amiga comprou três injeções usando o próprio cartão de crédito e a outra metade Têmis conseguiu com o Sistema Único de Saúde a duras penas. Aplicou, ela mesma, aquelas injeções horríveis em seu abdômen. Ficou sem menstruar por seis meses, mas os efeitos colaterais da medicação a deixaram sem dormir, com queda de cabelo, suores noturnos, e uma irritabilidade extrema. Tinha sido como estar na TPM durante seis longos meses. Naquela mesma época, descobriu que seu marido a estava traindo e a moça estava grávida. Convenceu-se de que tinha sido um fracasso como mulher e também como esposa, por isso, assumindo toda a culpa por seus infortúnios, decidiu sair do país e deixar o caminho aberto para a outra, que se apossou de tudo que Têmis tinha almejado: um lar, um marido e o fruto daquela união.

Agora, fitava aquela menina que queria se livrar de tudo o que a oficial mais prezava no universo: a possibilidade de gerar uma vida e por ela se dedicar até o final de seus dias. De costas, a passageira parecia uma menina-índia. Tinha longos cabelos negros e pele morena. Era magrinha e possuía baixa estatura, mas foi quando a jovenzinha se levantou e dirigiu-se à mesa de Têmis que a barriga ficou visível. Aquela visão a abalou por alguns segundos. Depois de se recompor, começou a entrevista inicial:

— Qual o propósito de sua viagem?

— Interromper minha gravidez – disparou a passageira, não demonstrando emoção alguma. Parecia que tinha decorado um texto e estava, naquele momento, recitando as palavras das quais lembrava. Tinha um rosto pálido e um olhar distante.

— Com quanto tempo você está? – perguntou Têmis.

— Vinte e três a vinte e quatro semanas – replicou ela.

Têmis sentiu-se indisposta, não queria estar ali. Pensou em pedir para ir embora, mas sabia que precisava ficar. Precisava impedir aquilo.

— Será necessário verificarmos sua mala. Por favor, me acompanhe.

No curto caminho até o hall de bagagens, pediu pela intervenção divina naquele caso. Sabia que legalmente precisava de alguma prova para recusar a entrada da passageira. Pediu que encontrasse algo em sua mala que justificasse a recusa. A moça trazia apenas uma bolsa de viagem grande e dentro dela estavam, além de algumas peças de roupa, diversos documentos relacionados ao pré-natal e algumas cartas escritas pelo médico dela. Têmis recolheu toda a documentação e colocou no arquivo da viajante. Retornaram ao atendimento e depois à área de detenção. A passageira ficou sob os cuidados dos assistentes, que precisariam tirar as impressões digitais e uma foto dela. Enquanto isso, a oficial foi ao escritório analisar a documentação confiscada.

A jovem possuía várias ultrassonografias e os resultados de alguns exames de sangue, porém uma carta chamou a atenção de Têmis. Era um documento recente, escrito há apenas três dias. Nele, o médico relatava as condições médicas da paciente e certificava o tempo de gestação dela: estava com 24 a 26 semanas de gravidez.

"É isso! No Reino Unido só é possível o término de gestações de até, no máximo, 24 semanas!" Ela não poderia fazer aquele procedimento lá e em lugar nenhum. Aquela informação trouxe a Têmis um grande alívio. Sentia-se mais confiante de que o desfecho do caso seria favorável, não para a passageira, mas para o bebê que ela carregava. Ligou para o aquário para passar ao chefe uma atualização do caso até aquele momento. Logo depois, se dirigiu à detenção para conduzir a entrevista completa.

— Boa tarde, Ísis, tudo bem? Por favor, venha comigo até a sala de entrevistas – disse. E Têmis continuou: – Você já fez um lanche? Se sente bem para responder a algumas perguntas? – indagou.

— Sim, estou bem – respondeu a grávida do Amazonas. – Quanto tempo precisarei ficar aqui? – perguntou.

— Bem, até terminarmos a entrevista. Depois passarei o resumo das respostas para meu chefe e então decidiremos se você terá a permissão para a entrada concedida ou se terá que voltar para o Brasil – explicou Têmis.

— Entendi, mas vocês vão falar com meu noivo também? Ele está lá fora me esperando – perguntou a passageira.

— Se for necessário para o processo, sim, entrevistaremos ele também – confirmou Têmis, dando início ao questionamento: – Por favor, diga-me por que decidiu viajar para o Reino Unido?

— Eu estou grávida e queremos acabar com a gravidez – respondeu ela.

— Quando você diz "queremos", a quem se refere? – perguntou a oficial.

— Ao meu noivo e a mim.

— É menina ou menino? – indagou Têmis.

Após uma breve hesitação, a passageira levou as mãos até a barriga e respondeu:

— É uma menina – disse, enquanto inconscientemente acariciava seu ventre.

Têmis imediatamente percebeu que a passageira tinha um vínculo emocional com aquela bebê. "Alguma coisa não faz sentido aqui!" Teve, entretanto, apenas uma certeza: a menina-índia não queria fazer aquele aborto.

— Por que demorou seis meses para viajar? Quem está forçando você a isso? – pressionou a oficial.
— Meu noivo comprava uma passagem aérea quase todos os meses para que eu pudesse viajar e, na última hora, eu desistia de vir. Ele disse que se eu não fizesse o aborto, ele me abandonaria.
— Você só tem 18 anos. O que seus pais acham de sua decisão? – perguntou Têmis.
— Eles não aprovam. Minha mãe parou de falar comigo, nem foi me levar ao aeroporto – respondeu a jovem.
— Ísis, o Reino Unido só faz abortos até, no máximo, a vigésima quarta semana de gestação. Eu encontrei uma carta de seu médico, escrita sexta-feira passada, atestando que sua gravidez já passava desse período. Infelizmente, eu terei que recusar sua entrada nesta ocasião.
— Mas meu noivo irá terminar comigo. Você não pode fazer isso. Por favor, me deixe entrar – pediu a passageira, chorando.
— Ísis, eu estou impedindo sua entrada. Você fez sua parte em viajar. Não é culpa sua. Se seu noivo terminar o relacionamento é porque ele faria isso de qualquer maneira. Eu vou falar

com meu chefe, a decisão final será dele, mas a minha recomendação continua sendo a sua recusa. Volto daqui a pouco para falarmos.

Têmis se dirigiu ao aquário e explicou a situação da passageira. Os dois concordaram que ela não atendia aos pré-requisitos para a entrada como visitante e decidiram recusar a entrada da jovem. A oficial se dirigiu ao escritório dos fundos para colocar as anotações da entrevista no sistema e, quando estava quase terminando, recebeu uma chamada no alto-falante pedindo que ligasse para o aquário. Entrou em contato com o chefe, o qual a informou de que o patrocinador da passageira gostaria de falar com ela na sala de entrevista externa. O terminal D possuía uma sala com uma divisória de vidro. Do lado de dentro era o "lado ar" onde o oficial de imigração se sentava. Do lado de fora, ou "lado terra", ficava o familiar ou patrocinador. Não existia porta de acesso que permitisse o contato físico entre as partes.

– Em que posso ajudar? – perguntou Têmis, ao se sentar, segurando uma caneta sem tampa e uma folha para anotar os dados da entrevista. Tudo o que era dito entre as partes envolvidas, por telefone ou pessoalmente, era anotado no arquivo do passageiro.

— Eu quero saber por que você está recusando a entrada da minha noiva – perguntou o homem de forma ríspida.

— Estamos recusando sua noiva porque ela não preenche os requisitos para a entrada como visitante para tratamento médico. Ela alegou que está vindo ao Reino Unido para fazer um aborto. Acontece que não fazemos esse procedimento médico em gestações superiores a 24 semanas.

— Mas eu não quero AQUILO! – gritou o homem dando um soco no espesso vidro de proteção.

— Eu aconselho que o senhor se acalme, caso contrário chamarei a polícia para retirá-lo daqui.

— Você não pode fazer isso! Não pode! – disse o noivo da passageira aos gritos.

— Senhor, eu não só posso, como estou fazendo. E para seu conhecimento, meu chefe assinou a autorização para a recusa da entrada de sua noiva. Não existe nada que eu possa fazer para mudar o desfecho desse caso. Passar bem – disse Têmis, já se levantando da cadeira.

— Você vai se arrepender! – ameaçou o homem.

— A entrevista terminou. Boa noite – concluiu a oficial de imigração, saindo da sala.

Têmis sentiu-se intimidada, mas sabia que estava fazendo a coisa certa. Já havia passado por uma outra situação parecida, na mesma salinha, quando um homem tinha ameaçado cometer suicídio, pois ela havia recusado a entrada da namorada dele. O patrocinador se levantou, decidido, e disse a Têmis que se jogaria embaixo do próximo trem expresso. Depois de reportar o ocorrido ao chefe de plantão, a polícia do aeroporto foi chamada. A oficial e os policiais fizeram uma busca nos arredores do terminal D. Encontraram o homem escondido em um dos banheiros. O chefe de plantão daquele dia, por precaução, acabou deixando a mulher entrar temporariamente. Ela deveria ter retornado ao aeroporto alguns dias depois, mas simplesmente desapareceu.

O encontro com o patrocinador da moça grávida a deixou estremecida. Precisaria de uma escolta para sair do terminal naquela noite. Desejou que Matt estivesse no mesmo plantão que ela.

Retornou ao escritório para terminar suas anotações quando escutou outra mensagem no alto-falante:

— *Têmis, por favor, entre em contato com o aquário urgentemente. Atenção, oficial Têmis, entre em contato com o aquário.*

"Mas que coisa, assim não conseguirei terminar esse processo!", pensou ela.

— Olá, é a Têmis. Você me pediu para entrar em contato? – perguntou.

— Têmis, eu recebi uma ligação dos seguranças da área de detenção dizendo que sua passageira está passando mal. Por favor, se dirija até lá imediatamente.

— Chefe, isso é coisa do noivo dela. Ele ficou descontrolado quando eu disse que a noiva seria recusada – explicou Têmis.

— Mesmo assim, por favor, verifique como a passageira está se sentindo – pediu o chefe.

— Entendido. Estou a caminho.

Chegando à detenção, Têmis percebeu que a passageira estava no telefone público falando com alguém. Assim que a moça notou a presença da oficial, desligou o telefone imediatamente.

— Em que posso ajudar, Ísis?

— Não estou muito bem – respondeu a passageira.

— Você falou com seu noivo? – indagou a oficial.

— Sim, ele está uma fera – respondeu.

— Bem, se você não estiver passando bem, poderá ser escoltada até um hospital local e depois retornar para o aeroporto. De qualquer forma, não temos como alterar a decisão. O que deseja fazer?

— Se não tem como mudar, eu prefiro retornar hoje – respondeu Ísis.

— Seu noivo ameaçou você? – perguntou Têmis.

— Ele disse para eu falar que não estava me sentindo bem para ver se você me deixava entrar – confessou a menina.

— Então, você está bem? – insistiu Têmis.

— Sim, estou me sentindo bem, mas muito cansada – confirmou a passageira.

— Está bem. Por favor, assine aqui para confirmar o que disse. Você tem certeza de que está bem? – a oficial perguntou novamente.

— Sim, estou – respondeu Ísis, assinando a declaração.

— Ok. Por favor, descanse. Não fale mais com ele até voltar para casa. Será melhor para você. Farei o possível para você retornar no próximo voo – explicou Têmis.

A oficial retomou a finalização do processo e precisava ainda entrar em contato com a companhia aérea para reservar o assento de volta da passageira. Decidiu fazer isso pessoalmente e se dirigiu ao balcão de reservas da empresa. Têmis conhecia muito bem a maioria dos funcionários, pois recusava muitos passageiros naquele terminal.

— Olá, Gabriel, ainda bem que está de plantão hoje! – disse a oficial, ao chegar ao balcão da empresa.

— Em que posso ajudá-la, Têmis? – perguntou ele.

— Gabriel, eu estou com um caso de uma passageira muito vulnerável em minhas mãos e gostaria de pedir sua ajuda. Ela está viajando desde ontem, saiu de Manaus com escala em Guarulhos e depois Londres. Ela está grávida, com 24 semanas, mas se sente bem.

Recusamos a entrada dela e é por isso que estou aqui. Em primeiro lugar, para marcarmos o assento de volta e, em segundo, para saber se... Bem, para saber se você poderia levá-la na classe executiva? – pediu Têmis.
— Acho que você está brincando um pouco com a sorte, oficial Têmis! Espere um pouco, verei o que posso fazer por você – disse o atendente.

Têmis aproveitou e enviou uma mensagem para Matt. Já eram quase 21h, o horário que seu turno terminava. Sabia, entretanto, que nem tão cedo poderia sair de lá. O voo de retorno da passageira estava previsto para as 22h, mas já constava na tela do embarque que estava atrasado até, pelo menos, as 23h. O celular dela tocou e era o policial:

— Oi, meu amor, como você está? Estou com saudades – disse Matt.
— Estou bem, mas o plantão está muito desafiador hoje. Fui ameaçada por um homem durante uma entrevista na sala bilateral – contou Têmis.
— Estou a caminho – disse Matt.
— Não precisa, querido. Até a hora que eu terminar tudo, é provável que ele nem esteja mais lá fora. Além disso, o chefe já está ciente – explicou a oficial.

— Têmis, como eu disse, irei buscá-la. Não saia do terminal até minha chegada – pediu ele.

— Está bem, dirija com cuidado. Eu não terminarei o caso pelas próximas duas horas – disse Têmis, preocupada.

— Estou saindo. Até daqui a pouco. Amo você – disse Matt apressadamente, desligando o telefone em seguida.

— Têmis, consegui reservar o assento de sua passageira. E ele é na classe executiva, conforme solicitou – disse Gabriel.

— Ah, não acredito! Gabriel, você é um verdadeiro anjo. Não sabe como me ajudou! Muito obrigada – agradeceu Têmis.

Ela retornou à detenção e informou a Ísis que estava tudo certo para o voo de volta, que tinha previsão de saída dentro de duas horas.

— Ísis, meu plantão termina agora, mas ficarei com você até seu embarque, está bem? Por favor, descanse um pouco. Estarei de volta dentro de uma hora. Você deseja fazer uma refeição? – perguntou a oficial.

— Muito obrigada, não estou com fome. Não vejo a hora de este pesadelo acabar! – disse a moça, aliviada.

— Tudo vai terminar bem, não se preocupe – assegurou Têmis.

A oficial se dirigiu ao aquário para informar ao chefe do plantão da noite o resumo de todo o caso e as providências que já havia tomado com relação ao bem-estar da passageira. Informou a ele também sobre a ameaça que havia recebido do patrocinador durante a entrevista. Retornou ao escritório dos fundos para terminar o arquivo da gestante e já se preparava para escoltá-la até o embarque. Carimbou o passaporte dela e traçou uma cruz por cima da estampa do carimbo, indicando que a entrada da passageira tinha sido recusada.

— Você está bem, Ísis? – perguntou Têmis ao chegar à sala de espera.

— Sim, estou – respondeu a passageira.

— Ok. Esses dois funcionários com coletes fluorescentes fazem parte da escolta obrigatória. Eu vou também, excepcionalmente, para acompanhá-la e para me certificar de que você realmente voltará nesse voo – brincou Têmis.

Os quatro chegaram até a sala de embarque onde os outros passageiros do voo já aguardavam. Após todos entrarem na aeronave, foi a vez de Ísis. Os funcionários da escolta já haviam feito o *check in* da passageira e recebido o cartão de embarque. O passaporte foi entregue ao comandante do voo e seria devolvido à viajante apenas na chegada ao destino.

— Espero que você não entenda esse acontecimento em sua vida como uma porta fechada, mas sim uma janela aberta. Recusamos sua entrada hoje por você não ter preenchido os requisitos da lei, mas, acima de tudo, por termos o dever de cuidar da segurança de nossos visitantes – explicou Têmis.

— Eu entendo. Obrigada por salvar a vida da minha pequena Irene. Esse será o nome dela – disse a passageira que, emocionada, abraçou a oficial.

Ísis caminhou em direção à entrada do avião, mas, antes de entrar, olhou para Têmis e disse, enquanto acariciava a barriga:

— Ela também será sua filha! – disse, acenando ao entrar no avião.

Têmis sentiu-se orgulhosa pelo trabalho que exercia e por ter tido a oportunidade de salvar uma vida. Sentir-se-ia a segunda mamãe de uma indiazinha que nasceria às margens do Rio Negro, mas que, embora não tivesse saído de seu ventre, estaria conectada a ela para sempre. De alguma forma se perdoou pelo fracasso de não ter conseguido ser, como imaginava, uma mulher por completo.

Naquele momento chegou à realização de seu propósito de vida. Todos os caminhos que percorrera – os questionamentos que teve, o saber adquiri-

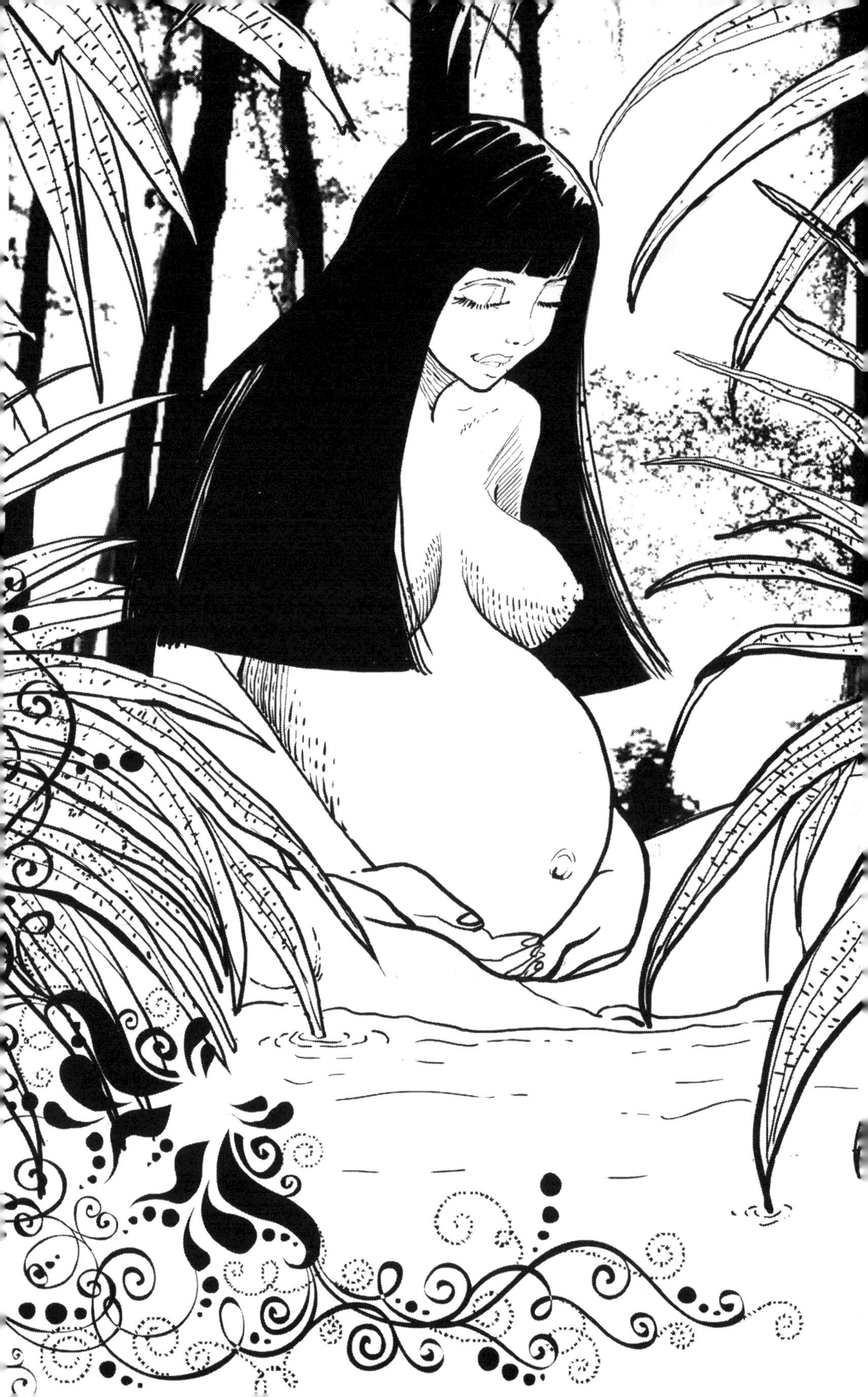

do ao longo de sua trajetória, a luta diária por seus objetivos desde que tinha saído da *Terra Brasilis*, conquistar sua liberdade e se permitir sonhar com aquele trabalho desde que chegou ao país e teve sua intimidade lançada aos quatro ventos sobre uma mesa de vistoria da alfândega – tudo isso a levou àquele momento. Nenhum esforço tinha sido em vão. Todas as experiências passadas, boas ou ruins, formaram a Têmis que estava de pé lá, no portão de embarque. Lágrimas correram pelo seu rosto, mas eram de alívio e de um sentimento de missão cumprida. Quando a porta do avião se fechou, virou-se e se deparou com Matt, que lhe deu um forte abraço.

— Você está pronta agora, Têmis? – perguntou o policial.

— Sim – disse ela com um sorriso.

— Vamos para nossa casa – disse ele, pegando sua mão.

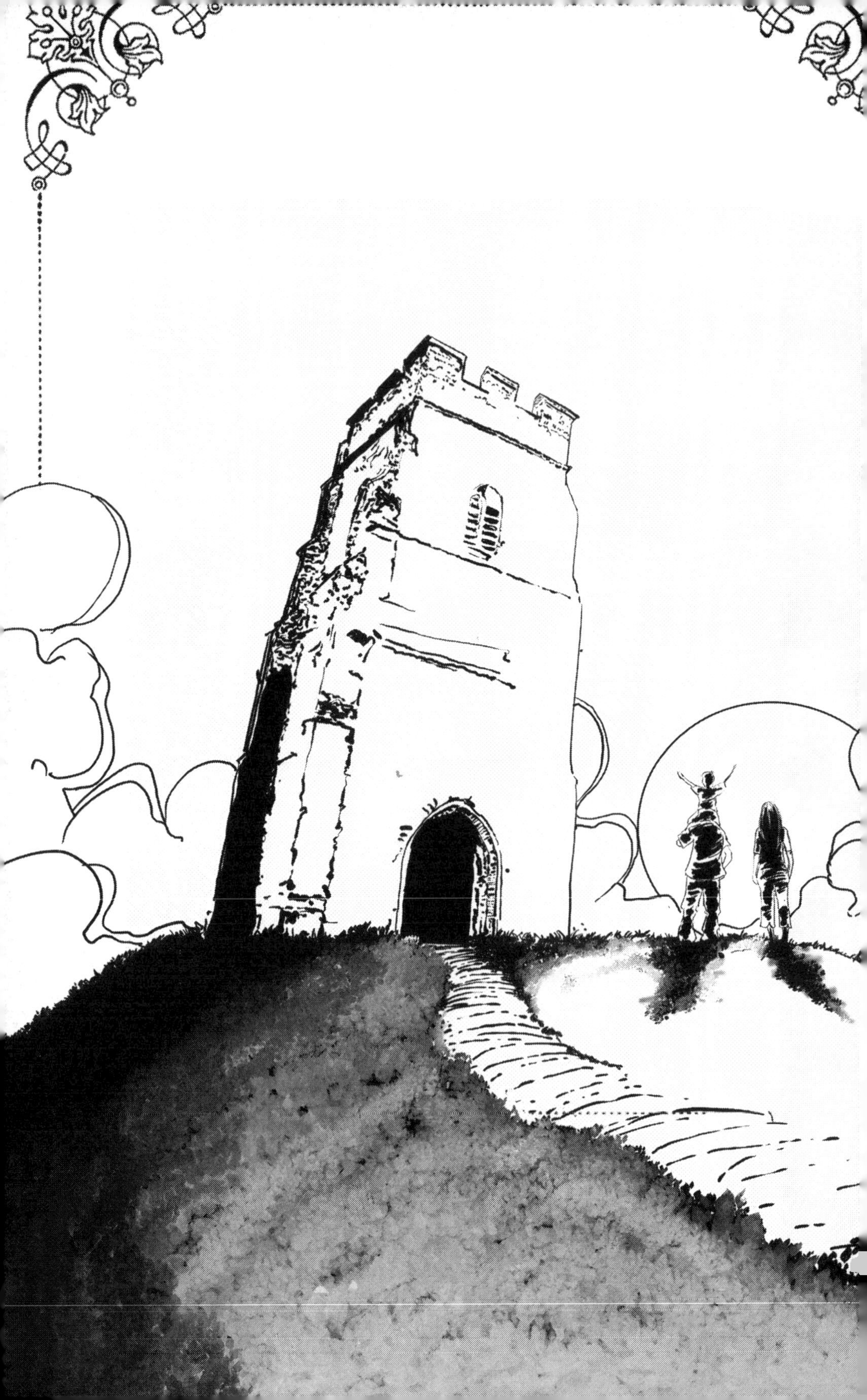

Epílogo

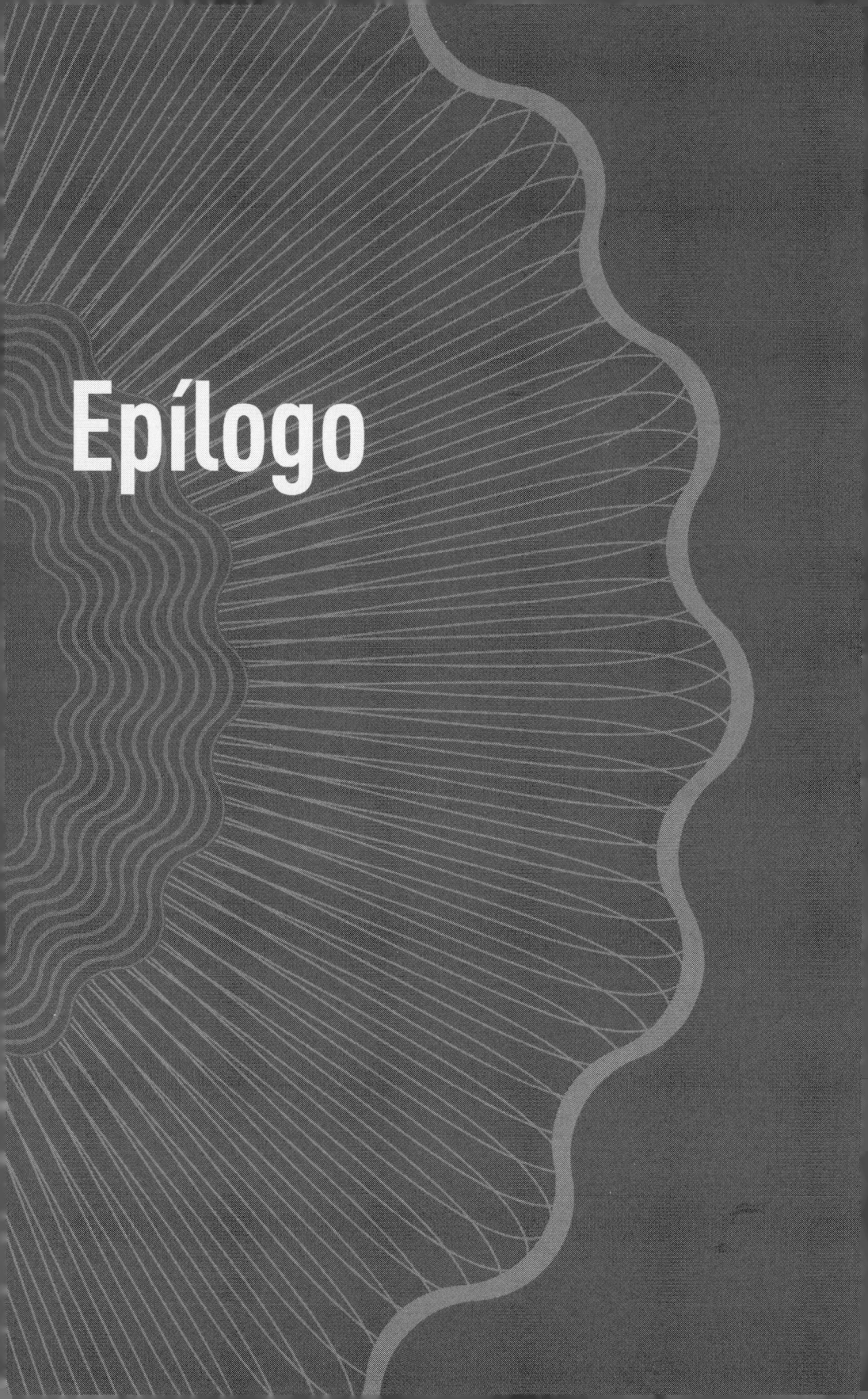

Têmis estava no ponto fixo do controle europeu quando um silêncio pairou no ar. Era sábado, um dos dias mais movimentados do terminal. Ela olhou para as outras posições e notou que apenas os colegas escalados para ocupar os demais pontos fixos, na mesa médica, na linha rápida e no controle dos passageiros de outras nacionalidades, estavam em suas posições. Nenhum outro oficial estava no atendimento, pois não havia nenhum passageiro chegando. Inesperadamente, dois policiais armados se aproximaram da mesa de Têmis e, logo atrás, uma elegante senhora segurando uma pasta de negócios caminhava também em direção a ela.

— A Ministra do Interior irá passar por sua posição – avisou um dos policiais.

— Está bem – disse Têmis.

— Olá, como está? – perguntou a ministra.

— Estou bem, obrigada, Sra. May – respondeu Têmis, enquanto escaneava o passaporte dela.

MAY / Theresa Mary / GBR /

— Está bem calmo aqui hoje – comentou a ministra.

— Sim, está – confirmou Têmis, com um sorriso. "Na verdade, não há movimento porque certamente a segurança prendeu os passageiros que tinham chegado dentro de seus aviões para vossa magnificência passar", pensou a oficial, com vontade de rir da observação.

E Têmis continuou:

— Seja bem-vinda, Sra. May. E tenha uma ótima tarde.

— Obrigada, igualmente. Tenha um ótimo dia de trabalho – disse educadamente a Ministra do Interior, ao receber seu passaporte de volta.

Poucos minutos depois e já ouvia o caminhar apressado dos passageiros nos corredores. Parecia até um *tsunami* em aproximação. Primeiro, aquela calmaria e depois o impacto das ondas de viajantes por todos os lados.

— O que ela disse, Têmis? – perguntou o chefe, saindo do aquário apressadamente.

— Ela disse apenas que o atendimento estava vazio – respondeu Têmis.

— E o que você respondeu? – indagou ele.

— Falei a verdade, eu disse a ela que o atendimento é um pandemônio nas tardes de sábado, mas que certamente alguém tinha feito alguma coisa para prender os passageiros nos aviões – brincou a oficial, enquanto saía do ponto fixo.

— Você o quê?! – assustou-se o chefe.

Têmis sorriu e disse:

— Brincadeirinha, *boss*! Não disse nada, relaxa.

Têmis sorriu ao lembrar do encontro com a ministra. Alguns anos já tinham se passado desde aquele dia. Agora era uma manhã de verão. Já estavam em Glastonbury há alguns dias e resolveram escalar o Tor, também chamado de "a colina sagrada de Avalon". De acordo com a mitologia celta, o Tor é um dos portões de acesso ao reino das fadas. Em tempos antigos, aquela região era conhecida como a Ilha de Avalon. Subiram até o topo e observaram a linda vista lá de cima. No cume da colina estava a solitária capelinha de São Miguel, ou o que restou dela, após um terremoto ter atingido o local no século XII.

— Mamãe, onde está nossa casa? – perguntou o menininho.

— Não conseguimos vê-la daqui – respondeu Têmis. – Talvez o papai saiba em que direção está – disse olhando para Matt com um sorriso.

Eles se aproximaram de uma rosa dos ventos que foi construída no topo do Tor e, pegando a criança em seus braços, Matt apontou e disse:

— É naquela direção que está nosso castelo.

Uma forte neblina se aproximou rapidamente cobrindo quase tudo. À distância, somente o Tor podia ser visto.

— Papai, estamos no céu! – disse o menino.

Aquele lugar era realmente um paraíso na Terra.

Printed in Great Britain
by Amazon